L'art de bien dormir à deux

Du même auteur
aux Éditions J'ai lu

Le traité des caresses, *J'ai lu* 7004
La Mâle Peur, Jai lu 7026
Le traité du plaisir, *J'ai lu* 7093
Amour et calories, *J'ai lu* 7139
Le traité du désir, *J'ai lu* 7167
La fidélité et le couple, *J'ai lu* 7226
L'intimité et le couple, *J'ai lu* 7260
L'écologie de l'amour, *J'ai lu* 7275

DR GÉRARD LELEU

L'art de bien dormir à deux

J'AI LU
Bienêtre

Avertissement aux lecteurs
® Toutes les marques citées dans cet ouvrage sont des marques enregistrées au nom de l'entreprise titulaire des droits.
Afin d'être suffisamment précis, il était nécessaire de citer certaines marques commerciales. Ces citations sont faites à titre gratuit et ne constituent pas une appréciation sur les marques mentionnées.

Sommaire

Nous lirons dans le même lit
au livre de ton corps lui-même.
Nous lirons le charmant poème
des grâces de ton corps joli.

APOLLINAIRE
(Ombre de mon amour)

Introduction

Transformer en « art » une activité naturelle, répondant à un besoin physiologique fondamental, est le propre des humains et particulièrement de ceux dits « civilisés ». C'est ainsi que l'acte de manger est devenu gastronomie, l'acte de boire œnologie, et l'acte sexuel érotisme. C'est cette démarche qui nous distingue des animaux. Cependant, on peut se demander si l'acte de dormir, lui, pourrait devenir un art ; il est tellement basique et paraît tellement passif qu'on ne voit pas ce que l'homme pourrait y changer, y ajouter. Pourtant, c'est possible : dormir peut parfaitement être élevé au rang d'un art, c'est-à-dire une activité que l'on pratique dans l'excellence et dans l'élégance.

L'art de bien dormir a pour objet un état de notre vie psychique d'une importance tout à fait majeure : le sommeil. Majeur, parce qu'il constitue le tiers de la durée d'une vie humaine, soit, pour un être de 70 ans, 22 années. Majeur, aussi, parce que le sommeil, loin d'être un fait passif, est une activité soutenue, essentielle pour l'équilibre mental et affectif. Majeur, enfin, parce qu'il implique le rêve, autre activité primordiale de notre psychisme et qui occupe au total cinq, voire sept ans d'une vie moyenne. De même que la gastronomie comprend l'art de la table, l'art de bien dormir comprend l'art de la chambre à coucher : l'ameublement et la décoration de la pièce, le choix du lit, des draps et autres raffinements. Quant à l'art de dormir à deux, il donnera les moyens de rendre agréablissime le partage de ces états fabuleux que sont le sommeil et le rêve, de vivre au mieux ensemble des moments exceptionnels, de voyager de concert dans des régions fantastiques de la psyché pour y retrouver les empreintes immémoriales de l'humanité et les esquisses des temps à venir.

À cela s'ajoutent bien d'autres partages prodigieux : échanger ce don divin qu'est l'amour, en particulier sous forme de tendresse ; échanger ces présents magiques que constituent les contacts des corps : simples et pourtant merveilleux accolements, brûlantes étreintes, fervents entrelacements, caresses exquises, baisers gourmets, autant de gestes qui constituent un océan de bien-être restituant les béatitudes du paradis perdu ; sans oublier la lame de fond des joies sexuelles qui soudain peut déferler.

Au total, l'art de dormir à deux réunit l'art d'aimer, l'art érotique, l'art de la décoration et l'art divinatoire ; en un mot, il relève de l'art du bien-vivre. Considérer le sommeil en duo sous cet angle transformera vos nuits et vos jours. Autrement dit, votre vie.

Plantons d'abord le décor de cet art, à savoir la chambre et le lit.

Première partie

L'art de la chambre à coucher

1. Le lit, toute une histoire

Avant que les humains ne sachent écrire leur histoire, ils vécurent une très longue période dont il ne reste que des traces sur les pierres ou dans le sol. C'est dire que la connaissance des mœurs des hommes de la préhistoire fait largement appel à notre imagination.

De Lucy aux Cro-Magnons

On peut imaginer que Lucy, notre aïeule australopithèque qui vivait en Éthiopie il y a 3 millions d'années, dormait sur une couche de feuilles sèches. Hominidé à mi-distance entre les singes dont elle descendait et les humains qui lui succéderaient, elle devait avoir conservé la rusticité des primates. Partageait-elle sa couche avec un mâle ? Son espèce ayant conservé l'organisation des groupes de primates, on peut penser qu'elle dormait avec le mâle dominant quand elle avait ses chaleurs ; celui-ci en effet, en tant que mâle polygame, était attiré par toute femelle qui entrait en rut et, en tant que chef, se l'arrogeait en priorité et en exclusivité.

De Lucy aux Cro-Magnons près de 3 millions d'années vont passer au cours desquelles les hominidés vont évoluer (*Homo habilis, Homo erectus*, puis *Homo sapiens*) et le volume de leur cerveau, témoin de leur progrès, croître de 500 à 1 500 cm^3. Une des évolutions les plus importantes sera l'invention de l'amour et du couple. La nécessité de cette invention tient en deux chiffres semblables : 800 cm^3, volume limite que peut laisser passer le diamètre du bassin féminin, et 800 cm^3, volume qu'atteint le crâne de l'enfant de *Homo habilis* il y a environ 1,5 million d'années. Dès lors, il fallait que bébé naisse avant que son crâne ne dépasse les 800 cm^3 fatidiques ; il naîtra donc immature, c'est-à-dire incapable de voir, de marcher, de se nourrir seul et de réguler sa température alors qu'il est nu. Il est condamné à mourir et l'espèce à disparaître, à moins que la nature ne trouve une solution pour les sauver : ce fut l'amour et le couple.

En effet, l'immaturité de l'enfant obligeait la femme – la femelle ? – à rester en permanence auprès de lui et pendant de longues années. Il fallait donc que quelqu'un lui fournisse sa nourriture et celle de l'enfant après qu'il serait sevré. Ce quelqu'un ne pouvait être qu'un homme – un mâle ? –, un de ces hommes chasseurs au long cours qui parcouraient de vastes territoires de savane pour trouver leur pitance. Mais pour qu'un mâle agisse ainsi, il fallait qu'il existe une relation privilégiée entre la femme et l'homme : cette relation, c'est l'amour, qui fait qu'un mâle s'intéresse à une femelle précise, qui le motive à lui rapporter de la nourriture. Dès lors, chaque femelle aura un mâle particulier et réciproquement. Ils tomberont amoureux, se satisferont l'un l'autre et resteront « fidèles ». Sûre de son mâle, la femelle pourra se consacrer à sa progéniture ; sûr de sa femelle, le mâle pourra partir chasser[1].

Encore fallait-il que l'amour puisse naître, c'est-à-dire que les conditions de sa naissance soient réunies. Il fallait que le cerveau ait acquis assez de neurones pour constituer une infrastructure qui porterait l'affectivité : c'était le cas. Il fallait aussi pour la femme et l'homme un modèle : il existait, c'était la relation et l'attachement de la mère et de son enfant, qu'ils avaient sous les yeux et qui étaient inscrits au plus profond de leur propre vécu. Il fallait encore que l'attirance entre les sexes soit puissante, or celle-ci ne faisait que s'accroître : d'une part, le désir n'accompagnait plus seulement la phase de fécondation de la femelle, il s'étendait sans limite de temps chez la femme aussi bien que chez l'homme ; d'autre part, les

1. Gérard Leleu, *La Mâle Peur*, J'ai lu, 1994.

zones érogènes se multipliaient et s'aiguisaient en raison de la perte des poils qui, en rendant la peau nue, l'avait faite plus sensuelle et plus sensible ; de plus, l'acquisition de la station érigée, le fait d'être debout sur ses membres « postérieurs » – qui devenaient dès lors « inférieurs » – rendait possible la copulation « par-devant » et ce face-à-face offrait à chacun des zones particulièrement sensuelles, telles que les bouches et les seins.

Enfin, pour que l'amour naisse, il fallait que les futurs partenaires se choisissent : « Ce n'est pas avec n'importe qui que je vais me lier, c'est avec toi parce que je te préfère. » Dans ce choix, le fait de faire l'amour de face joue un grand rôle en personnalisant la relation : « Pendant l'amour, je vois ton visage, tes traits, tes expressions, ton regard, ton sourire et j'entends à mon oreille tes mots, etc., bref j'enregistre tout ce qui t'est particulier et cela s'inscrit d'autant plus profondément en moi que je suis dans un état de conscience suprême. » À ces conditions s'ajoutait la découverte par l'homme de son rôle dans la grossesse de la femme, donc dans l'apparition de l'enfant ; la paternité naissait, liant l'homme à l'enfant.

Autour des années 20 000 av. J.-C., Madame et Monsieur Cro-Magnon apparaissent en Périgord. Peut-on imaginer comment ils se couchaient ? Ils étaient *Homo sapiens sapiens* comme nous, aussi leurs mœurs devaient être plus raffinées et leur exigence de confort plus grande. On peut imaginer qu'ils disposaient de lits de branchages et de litières de peaux. De fait, on a retrouvé des « peaux de couchage ». Dormaient-ils ensemble ? C'est probable : à cette époque, la polygamie avait fait place au couple et l'amour était né. Il semble que les Cro-Magnons et leurs congénères aient apprécié cette situation, comme le montrent les traces artistiques qu'ils ont laissées.

En effet, s'ils ont éprouvé le besoin de figurer la sexualité, c'est-à-dire d'en faire une source d'inspiration de leur art, c'est que leur activité sexuelle était sortie de la pure pulsion animale pour prendre une dimension humaine, voire « sur-humaine », pour ne pas dire sacrée. Les triangles fendus ne sauraient être de simples graffitis ; les statuettes aux fesses proéminentes, par leurs formes féminissimes, ne devaient pas seulement exprimer la fécondité, mais aussi la volupté de la chair ; les gravures figurant la copulation, tel le célèbre « accouplement » de la grotte-habitat d'Enlène (en Ariège), sont rares mais elles traduisent aussi l'importance accordée à l'union. Alors on peut imaginer que lorsqu'ils se rapprochaient, Madame et Monsieur Cro-Magnon ne souhaitaient pas seulement copuler mais aussi être ensemble et dormir à deux.

De Néfertiti à Pénélope

En Égypte, 6 000 ans av. J.-C., les gens ordinaires avaient des lits en bois de pin assez bas. Au contraire, les pharaons et les princes disposaient de lits somptueux faits d'ivoire, haut perchés et très rembourrés. En Mésopotamie, vers 3 000 av. J.-C., les gens du peuple utilisaient des lits de vannerie, assez bas également, tandis que les souverains possédaient des lits luxueux. Chez les Hébreux, les lits des rois étaient en bois du Liban, si l'on en croit *Le Cantique des cantiques* : « C'est la litière que le roi Salomon s'est faite avec des bois du Liban » (3, 9). Mais il semble que la Sulamite, la plus célèbre amante de l'Histoire, ait aussi apprécié les amours bucoliques : « Voici, tu es beau mon bien-aimé. Oui notre divan est de feuillage, les poutres de notre magnifique maison sont des cèdres, nos solives des genévriers » (1, 16-17).

En Grèce, la *kamara* était la pièce destinée au repos du maître, la *thalamos* la chambre conjugale. En réalité, le maître se reposait et dormait dans sa *kamara*. Ce n'est qu'épisodiquement qu'il passait quelques heures ou une nuit avec son épouse dans la *thalamos*. Il est vrai qu'un citoyen grec ne se mariait pas par amour, mais pour avoir un descendant de sexe masculin. Pour lui, la femme était un être inférieur envers qui il était impensable d'éprouver un sentiment d'amour. Dans les moments où il dormait avec son épouse, l'homme enlevait son manteau et sa ceinture de tunique mais il gardait sa tunique ; son épouse enlevait son soutien-gorge mais gardait également sa tunique qui lui servait de chemise de nuit[1].

Une histoire de lit...

Dans ce sombre contexte, l'histoire de Pénélope et d'Ulysse, bien que mythique, nous réchauffe le cœur. Après un long périple, Ulysse, las d'errer, de guerroyer et de coucher avec l'une et avec l'autre, décide de retourner auprès de Pénélope, sa femme. Celle-ci l'attendait en tissant et sans jamais céder à aucun prétendant. Quand Ulysse se présente à sa porte, Pénélope ne le reconnaît pas, tellement le temps et les épreuves l'ont transformé. Elle exige de lui une preuve qu'il est bien son époux. Alors Ulysse lui rappelle leur secret : le lit conjugal qu'il avait lui-même fabriqué de manière très particulière.

Chez les Romains, le lit était le mobilier principal. En bois ou en maçonnerie, il avait de multiples usages : dormir certes, mais aussi manger, écrire, lire, recevoir. Il y avait un lit prévu pour chaque usage : lit de repos, lit pour manger (on mangeait allongé), lit de conversation, lit de lecture dans la bibliothèque. Sous le coude, on glissait un coussin, le *cubitalis*. Il y avait même un lit pour se déplacer, le *lectica*, sorte de litière portée par six esclaves. Bref, on peut dire que les Romains vivaient au lit. Pour se reposer et dormir, le *pater familias* disposait d'une chambre individuelle ; son épouse, la matrone, dormait

1. Pascal Dibie, *Ethnologie de la chambre à coucher*, Métailié, 2000.

dans la chambre conjugale sur le *lectus genitalis* ; son mari venait la retrouver quand bon lui semblait. Ces pièces de repos étaient de petites dimensions, sobres et sombres, les ouvertures étant réduites pour se protéger de la chaleur comme du froid ; elles n'étaient pas faites pour aimer ni pour faire l'amour, juste pour dormir.

En effet, comme chez les Grecs, le mariage était un acte civique qui ne visait qu'à assurer la lignée du maître, grâce à un descendant mâle, et à accroître son patrimoine. L'amour et le désir n'avaient rien à y voir. De toute façon, on ne pouvait aimer l'être mineur qu'était la femme. Quant au désir, il suffisait de payer pour l'assouvir – tout acte sexuel s'achetait – ou de violer – acte courant et légitime en ce temps. Aussi, quand l'homme rendait visite à la matrone, c'était d'abord pour la procréation ; mais il pouvait avoir envie d'elle. L'activité sexuelle ne faisait l'objet d'aucune répression religieuse, mais elle était régie par des principes phallocratiques : un honnête homme ne se mettait jamais nu devant une femme ; il ne la caressait que de la main gauche. Le cunnilingus et la fellation, abaissement de l'homme vis-à-vis de la femme, étaient indignes d'un Romain. La femme ne se déshabillait pas, elle n'enlevait même pas son soutien-gorge. Une femme qui jouissait était mal vue. En réalité, pour les plaisirs érotiques, les Romains recouraient aux prostituées et aux esclaves, la fidélité leur étant inconnue. On voit que le statut de la femme n'était pas brillant : elle servait soit de reproductrice, soit d'objet sexuel. Les esclaves, femmes et hommes, étaient omniprésents ; la nuit, ils dormaient à la porte des maîtres, ou même à côté de leur lit ; c'était sans importance, car ils ne comptaient pas plus que du mobilier[1]. Ce que redoutaient le plus les Romains, c'était la passion – qui ne pouvait être que

1. Pascal Dibie, *op. cit.*

sexuelle –, car l'attachement qu'elle impliquait était une forme d'esclavage inacceptable.

Le lit, porte de l'enfer

Quand s'achève le temps des Mérovingiens, dans les années 750, les rois et les grands du royaume disposent de lits somptueux, richement décorés et garnis de précieux tissus. Les gens du peuple, eux, se contentent de lits rudimentaires et collectifs : parents, enfants, oncles, tantes, cousins, cousines, serfs, tout le monde dort pêle-mêle. Ils sont fréquemment plus de dix. Et ils sont nus. Deux éléments allaient changer cette pratique : d'une part, l'influence de l'Église qui s'émeut de cette promiscuité en raison des tentations sexuelles qu'elle crée, et enjoint à ses ouailles de dormir dans des lits séparés. D'autre part, un début de reconnaissance par l'homme de la femme en tant qu'être humain – et non plus comme esclave, voire comme potiche –, l'invitant dès lors à partager un lit à deux places. Alors, le lit conjugal réservé au maître et à son épouse se généralise. Reste aux clercs à les surveiller plus étroitement que jamais, car il ne s'agirait pas de commettre plus de péchés à deux qu'à dix.

Dès les débuts de l'ère chrétienne, l'enseignement du Christ, spécialement dans ce qu'il a de libérateur pour la femme et d'ouvert en ce qui concerne la sexualité, fait l'objet d'une vaste déviation de sens. Les Pères de l'Église et les clercs, tenants du pouvoir patriarcal, déclarent que le plaisir sexuel est un péché, que la femme tentatrice détourne les hommes de Dieu et qu'il vaut mieux rester célibataire que de se marier. Bref, ils engagent plusieurs siècles de répression de la femme et de la sexualité. Les religieux contrôlent implacablement la vie sexuelle jusque dans les lits. Ils utilisent pour cela quatre moyens particulièrement efficaces : la culpabilisation, qui inhibe au fond des êtres toute envie de plaisir ; la confession, qui permet de connaître les « fautes » commises ; la pénitence, qui dissuade de les commettre et qui va de plusieurs semaines de jeûne au bûcher ; et enfin l'obligation d'abstinence qui ira jusqu'à réduire les possibilités d'union sexuelle à 145 jours par an. Dans ces conditions, il faut être ou très « chaud » ou très téméraire pour s'adonner aux joies de la chair. Adieu donc câlins, caresses, baisers pour 2 000 ans, sauf à braver l'enfer[1].

Le lit seigneurial

Dans les années 1100, la féodalité triomphe. Toute la vie d'une contrée est centrée sur le château fort, toute l'organisation sociale autour du seigneur. Et dans le château, toute la vie est centrée sur son sommet, le donjon. À l'étage le plus haut se trouve la chambre du seigneur et de son épouse ; juste à côté, ou en dessous, celle des enfants ; et plus bas, celles des chevaliers et des servantes. La chambre conjugale est grande mais sombre, car les ouvertures – meurtrières et fenêtres – sont étroites pour éviter l'entrée du froid ou de la canicule ; l'ameublement est austère : quelques coffres, un prie-Dieu, un lit.

Le cadre du lit, ou « châlit », est en bois (chêne ou hêtre), le fond en planches ou en corde ; il est élevé – 60 à 70 cm de hauteur – et large – au moins 3 mètres. Au fond se trouve une « paillasse », grand sac rempli de paille ou de feuilles séchées, sur laquelle est posé le « materas », matelas garni de laine ou de coton. Le « lincel », ou drap, est en lin pour les plus riches, en chanvre pour les autres. Sur les dormeurs se superposent la « courtepointe », une couverture en laine, et la « couste », une couette de plumes (car il fait froid dans les châteaux) ; la tête repose sur un « cheveul », notre oreiller, lui-même posé sur un « travers-lit », notre traversin. Les « oreillers » sont de petits

1. Gérard Leleu, *La Mâle Peur, op. cit.*

sachets de senteurs (musc, ambre, safran, etc.) qu'on met sous les « cheveuls[1] ».

Voilà que le seigneur gravit les escaliers du donjon. Des valets portant des cierges le précèdent et le suivent. Des chevaliers suivent aussi. Arrivée à la porte de la chambre conjugale, la petite troupe s'arrête. Le seigneur bavarde avec ses chevaliers et bientôt certains d'entre eux se retirent, tandis que d'autres restent à l'entrée pour garder leur suzerain. Alors le seigneur et les valets entrent dans la chambre. Parvenus au pied du lit, les serviteurs versent un hanap[2] de vin chaud à leur maître et l'aident à se déshabiller. Il se dévêt complètement, car c'est faire injure à une femme avec qui l'on partage sa couche que de garder sa chemise. La chemise sera mise sous le « travers-lit ». Peu après, la châtelaine arrive, précédée et suivie de ses servantes ; elle passe derrière une « courtine », une tenture, où les servantes l'aident à se déshabiller complètement. On dort donc « nu à nue ». Le seigneur et son épouse dorment ensemble. Ils aiment faire l'amour sous la « couste ». Et ils s'aiment, car l'Amour vient de naître en Occitanie.

Le lit courtois et la naissance de l'Amour

L'Amour, tel que nous le connaissons en Occident, est né dans le sud-ouest de la France au XIIe siècle. Nous avions vu apparaître au cours de la préhistoire une première forme d'amour, un prototype : c'était une relation privilégiée entre deux êtres, et le couple qu'ils formaient était plutôt une association. Depuis lors, l'évolution avait été catastrophique : le matriarcat, où prédominaient les valeurs féminines, avait pris fin ; les hommes, entre 20 000 et 10 000 ans av. J.-C., s'étaient emparés du pouvoir et le patriarcat qu'ils avaient instauré se montrait extrêmement

1. Pascal Dibie, *op. cit.*
2. Grand vase à boire en métal.

dur pour la femme : dépouillée de tout droit, infériorisée, contrainte de se soumettre, sa sexualité réprimée, elle n'existait plus. L'homme l'avait voulue ainsi car il craignait qu'elle ne lui dispute son autorité.

Les temps passaient et l'homme continuait de voir dans la femme un être inférieur, non digne d'attention, qu'il méprisait. Il était incapable de ressentir pour elle de l'affection et *a fortiori* le moindre élan spirituel. Dans cette perspective, elle ne pouvait être qu'un objet sexuel qu'on achetait ou qu'on violait. Le viol était l'activité sexuelle la plus répandue et considérée comme naturelle et légitime, comme à Rome pendant l'Antiquité. Cette perpétuation de l'attitude répressive et dévalorisante de l'homme avait toujours la même cause : sa peur que la femme n'exige de partager le pouvoir. Et plus il avait peur, plus il cherchait à humilier la femme jusque dans son corps ; la contraindre doublait son plaisir car c'était aussi l'abaisser. Voilà pourquoi durant toute l'Antiquité et la plus grande partie du Moyen Âge, il n'y eut pas – ou si peu – de grandes amours autres que mythiques ; ce que l'on a pris pour tel n'était que passion sexuelle.

Pourtant, confronté à la femme, l'homme éprouvait des émotions qui l'interpellaient : il percevait ce qu'elle avait de mystérieux, voire de magique, et combien elle touchait ce qu'il y avait de plus profond dans sa conscience – son âme ; mais ça le dérangeait et il se ressaisissait. Il éprouvait aussi des sentiments qui lui rappelaient ceux que sa mère ressentait pour lui et en général ceux que les femmes ressentent pour leurs enfants ; lui-même avait éprouvé pour sa mère quelque chose de semblable ; cela le perturbait car ce « sentimentalisme », par essence féminin, était indigne d'un homme ; et il se ressaisissait encore. Hélas ! Car ces émotions et ces sentiments préfiguraient l'Amour[1].

1. Gérard Leleu, *L'Écologie de l'amour*, J'ai lu, 2003.

Au XIIe siècle, plusieurs paramètres étaient réunis pour que l'amour entre l'homme et la femme naisse enfin. D'une part, la femme était de plus en plus reconnue comme un être humain à part entière. Y contribuaient grandement quelques grandes dames qui, à cette époque, forçaient le respect et l'admiration des hommes. C'est ainsi que la femme acquit, dans certains domaines, les mêmes droits que l'homme (choix de l'époux, droit d'héritage, etc.). D'autre part, la féodalité permit à la femme de prendre une forme d'ascendant sur l'homme : en effet, le dévouement vassalique proposait un modèle de soumission qui sauvegardait l'amour-propre masculin ; pour le vassal, c'était un honneur de se mettre au service d'un seigneur et de recevoir son amitié ; eh bien désormais, ce serait aussi un honneur pour un homme de rang de se dévouer et de se soumettre à une dame. Du dévouement à la dévotion, il n'y avait qu'un pas que la qualité des dames fit franchir à l'homme en réveillant en lui sa fascination refoulée pour la magie féminine.

Profitant de l'ascendant qu'elle avait sur son amant, la dame sut lui transmettre sa propre sentimentalité et sa propre spiritualité (car elle ne s'était jamais résignée à n'être qu'un objet de plaisir et à voir l'acte sexuel réduit à un déchaînement physique). Mieux, elle sut révéler à l'homme ses propres aspirations à une spiritualité de l'amour. L'homme, dès lors, vit dans l'amour le plus noble des sentiments et il put sublimer ses instincts pour faire de la femme non plus un objet d'assouvissement mais un sujet d'adoration. Deux manifestations d'amour courtois concernent le lit et font partie des « récompenses » que la dame offre à un amant qui s'est montré particulièrement passionné, respectueux et fidèle : la « contemplation de la dame nue » (p. 26) et l'*assag*.

L'*assag*, ou *asais*, est une véritable cérémonie courtoise aussi. C'est une mise à l'épreuve imposée par la Dame à son amant pour voir si elle est aimée d'« amour

La contemplation de la dame nue

C'est une véritable cérémonie. Tout amant courtois souhaite ardemment voir, ou plutôt contempler, sa dame dévêtue. Mais, à la différence des autres amoureux, il le souhaite non par avidité libidinale et comme phase préliminaire à l'union sexuelle, mais pour l'adorer, adorer la beauté féminine. En effet, les troubadours sacralisent la beauté du corps féminin et ils le font en référence à Dieu. Dans les civilisations orientales, il y a longtemps que l'on pratiquait le culte de la nudité. En Inde, par exemple, la « nudité rituelle » de la femme avait une valeur mystique en tant qu'elle incarne la nature. Sans doute les troubadours avaient-ils eu connaissance de cela par les poètes arabes.

Ce que souhaite au moins l'amant courtois, c'est assister au coucher de la dame. Un troubadour, Cercaman, déclare : « Je prierai Dieu de pouvoir un jour la voir se rendant au lit. » Un autre, B. de Vendatour, rêve « qu'elle l'appelle dans sa chambre où elle se déshabille en sorte qu'à son ordre je sois près d'elle contre le bord du lit et qu'à genoux, humblement, je lui retire ses souliers bien chaussants, s'il lui plaît de me tendre le pied ». Toutefois, rares étaient les élus : « Seuls les amants les plus favorisés, ceux qui en étaient au troisième ou au quatrième degré de vasselage, étaient admis à "l'honneur" d'assister au coucher de leur maîtresse[1] ». Parfois, après s'être mise nue, la dame autorisait son ami, vêtu, à l'étreindre quelques instants et à lui donner quelques baisers ou caresses furtifs.

de cœur » ou seulement désirée comme objet sexuel. Autrement dit, c'est un test exigé pour déterminer si l'homme l'aime pour sa personne ou uniquement pour

1. René Nelli, *L'Érotique des troubadours*, Privat, 1995.

le plaisir sexuel. Il consiste pour l'amant à s'allonger nu dans un lit auprès de sa maîtresse nue elle aussi, et à demeurer chaste toute une nuit. Mais sous ses aspects poétiques, l'amour courtois constitua une véritable révolution dans les relations entre la femme et l'homme. Et il fonda l'Amour avec une majuscule en Occident. Hélas, les détenteurs du pouvoir patriarcal – la royauté associée à la papauté – prirent peur et envoyèrent les guerriers misogynes du Nord mener croisade contre l'Occitanie. On crut l'Amour assassiné, il ne fut que profondément blessé.

Un confort bourgeois

Dans les années 1300, les communes prennent leur essor, la bourgeoisie s'installe. Elle a de l'argent, elle aime le confort. Chez les bourgeois, la chambre est grande, bien éclairée par de larges fenêtres munies de volets intérieurs et de rideaux, et richement meublée : des coffres (jusqu'à dix), des armoires, des tables où sont entassés toutes sortes de trésors prestigieux. Au centre de la chambre trône le lit, devenu le meuble essentiel, symbole de l'aisance et de l'harmonie conjugale et familiale. C'est un lit de parade : il est monumental, d'un luxe inouï, garni d'une literie précieuse. Dans cette chambre, on dorlote les enfants, on travaille, on file, on lit, on prie et on reçoit : la famille et les amis viennent en visite, on bavarde, on montre ses trésors, on joue à des jeux de société. Et la nuit, on fait l'amour sans craindre le plaisir car, à cette époque, la femme a le droit – et même le devoir – de jouir ; selon les médecins d'alors, la jouissance féminine favorise la conception et la vigueur du futur enfant. Mais attention : jouir seulement pour procréer. Les clercs continuent d'encadrer la sexualité et de surveiller les couples.

Heureuse Renaissance

Arrivent le XVIe siècle et sa Renaissance. Ce renouveau porte aussi un air de liberté et propage une nouvelle sensibilité. Sur le plan affectif, cela se traduit par une sorte de sentimentalisme : les amoureux se manifestent librement des signes extérieurs d'amour, les cœurs s'épanchent. Les fiancés peuvent même se choisir : en raison des « droits du cœur », on accepte les « mariages désordonnés », où les deux conjoints se sont élus spontanément sans passer par les parents. Sur le plan sexuel, même libération : la volupté et ses jeux sont légitimés dans une grande partie de la société, sans s'arrêter aux interdits de l'Église. À l'origine de ces changements, le souffle de l'amour courtois qui avait inventé l'Amour et idéalisé la femme : bien que combattu, ce qu'il avait semé était irréversible. Autre cause de transformation : l'influence des guerres d'Italie. Le luxe et le raffinement des mœurs des provinces d'Italie avaient frappé les Français : ils en rapportèrent donc des manières plus policées, plus galantes. Nul doute que ce nouvel état d'esprit ne se traduisît jusque dans le lit par un raffinement du dormir à deux.

En effet, la chambre est luxueuse et son luxe se voit car elle est bien éclairée. Les fenêtres sont larges et translucides, voire transparentes. Sur un châssis dormant (une nouveauté), est tendu un « drapé » à l'italienne (un tissu de lin, le plus souvent) imprégné d'huile végétale, ou même un vitrage de « plat verre » (autre invention récente, française celle-là). Des volets intérieurs « à la Florence » lui donnent son intimité : deux battants légers montés sur gonds (encore une nouveauté). Des rideaux de précieux tissus (soie, satin ou velours) venus d'Italie ou de Flandre doublent ces fermetures. Sur le sol se déploient d'épais tapis. Sur les murs, des étoffes tendues et des tableaux figurent des scènes de la mythologie grecque ou de la Bible où triomphe la nudité récemment libérée : Vénus, Léda, Apollon le disputent à Ève, Adam, les filles de Loth, voire la Vierge dont les seins ne sont plus guère cachés.

Les meubles sont des chefs-d'œuvre d'ébénisterie. Sur un coffre, des livres (l'imprimerie est en plein essor), parmi lesquels des ouvrages érotiques à la mode : les *Ragionamenti* de l'Arétin (où 36 positions sont décrites), *Les Vies des dames galantes* de Brantôme (fin du XVIe siècle), les *Cahiers d'anatomie* de Léonard de Vinci, où les organes sexuels et même le coït sont dessinés. Quant au lit, il occupe le centre de la chambre. C'est un somptueux monument de bois sculpté : aux quatre angles, des colonnes de bois tourné et ciselé ; au-dessus, un baldaquin superbement travaillé ; au chevet, des cartouches représentant des scènes galantes. Les tissus sont luxueux (courtines, courtepointes, draps), mais ils ne masquent pas la magnificence du bois. D'abondantes plumes bourrent les matelas moelleux.

Pour ce qui est des ébats, que l'ambiance favorise, la nudité triomphe aussi ; mais par ailleurs, on adore les chemises de nuit raffinées et les bonnets de nuit (désormais en maille de laine tricotée) sont toujours appréciés. Le linge de corps, apparu au XIVe, se renouvelle régulièrement à la fin du XVIe siècle. Dans cette atmosphère sensuelle, voire libertine, les amants s'en donnent à cœur joie. Qu'ils en profitent, car bientôt la Réforme et la Contre-Réforme menaceront à nouveau les pécheurs des flammes de l'enfer. Et le pape donnera l'exemple de la nouvelle austérité en faisant voiler les corps nus du *Jugement dernier* de Michel-Ange.

Triste cour

Dans les années 1600, c'est autour d'une cour que toute province tourne désormais. Le château que crée alors la haute noblesse n'a plus rien de défensif : c'est un lieu de prestige. Il comporte deux ailes où se trouvent les appartements privés : d'un côté, ceux du maître, de l'autre, ceux de son épouse. Les appartements se font face et chacun contient une chambre à coucher. Les époux sont complètement séparés : ils se voient rarement et limitent leurs contacts au minimum imposé par leurs devoirs de représentation. Ils ne se sont pas mariés par amour : leur union a été arrangée par leurs familles pour des raisons de rang et de patrimoine. Ils peuvent s'aimer ou non, être fidèles ou non, mais ils doivent présenter l'apparence d'une bonne harmonie. La chambre de chacun est un lieu de réception et de parade, garni de meubles luxueux et d'objets d'art. Quant au lit, il trône au milieu de la pièce, submergé de tissus à telle enseigne qu'on ne voit plus le bois : « pentes » de velours galonné, drapés de brocart et de damas, dessus-de-lit en dentelle de Tulle. Installée sur son lit de parade, l'épouse accueille ses visiteurs. La nuit, chacun dort dans son lit revêtu d'une chemise de nuit et d'un bonnet de nuit[1].

Si le mariage n'implique pas d'obligation sentimentale – on peut ne pas aimer –, il comporte en revanche une obligation sexuelle, le *debitum*, la dette sexuelle : chaque époux peut exiger de son conjoint le paiement de cette dette et celui-ci doit s'en acquitter. Mais il était mal vu qu'une femme manifestât son désir ; en tout cas elle n'aurait pas osé, c'était à son mari de le deviner. Pour tout dire, on voulait que les relations entre les conjoints se situent dans une sorte d'« amitié d'amour ». Décidément, l'Église ne comprend toujours pas que le plaisir peut être sacré et qu'une femme qui célèbre les joies de l'amour dans son corps est divine et non putain. N'est-ce pas une façon de rendre grâce à ce que le Créateur lui a

1. Pascal Dibie, *op. cit.*

offert, les merveilleux moyens de jouir, c'est-à-dire d'exprimer la vie ? N'est-ce pas une façon de participer à l'amour et à la vie qui animent toute la création ?

Apogée de la bourgeoisie

Le XIXe siècle, c'est l'apogée de la bourgeoisie. Les bourgeois habitent de vastes appartements dont la chambre est le point nodal. C'est à cette époque qu'apparaît le terme « chambre à coucher ». Le style le plus prisé est le plus ventru, le plus cossu. C'est le Louis XV, sans grandeur et sans âme. Le lit est garni de draps de lin et recouvert d'un « édredon » appelé ainsi car rempli de duvet d'eider, une espèce de canard du Grand Nord découvert peu avant. La chambre est un lieu où il fait bon vivre, un lieu de délectation mais un lieu privé : seuls y pénètrent les intimes, enfants et parents. En 1870, une invention révolutionnaire – le siphon – allait apporter un progrès capital pour le confort et la fréquentation de la chambre à coucher ; il permet de rapprocher de celle-ci la salle de bains et les toilettes sans craindre que des pestilences n'offusquent les narines de quiconque. Dès lors, la chambre va s'ouvrir aux amis et fonctionner comme un véritable appartement.

Confortable, la chambre est-elle pour autant le temple de l'érotisme ? Depuis le XVIe siècle, les mœurs sont un peu plus libres : on badine avec l'amour, le plaisir est recherché sans trop de honte, des ouvrages érotiques circulent. Hélas, il semble que cette libération n'ait pas pénétré l'appartement bourgeois. La femme y est avant tout une « femme de devoir » : femme d'intérieur et mère de famille. Du reste, une femme honnête ne se préoccupe pas du plaisir. Pour l'homme, c'est plus rassurant ainsi ; il ira satisfaire ses besoins sexuels à l'extérieur et s'adressera à des demi-mondaines et aux pensionnaires des maisons closes. C'est dire que le lit conjugal est fait uniquement pour dormir[1]. À la fin du XIXe siècle, deux évolutions vont changer la donne. D'une part, l'apparition des « classes moyennes » dont les ressources réduites imposent des appartements plus petits ; adieu la chambre de parade, la chambre devient un local purement utilitaire. D'autre part, la découverte des microbes qui va entraîner des préoccupations hygiénistes qui vont changer les relations.

De l'hygiène avant tout

Cette découverte provoque une véritable phobie : il faut absolument se protéger de toute source de contamination. Il faut prendre ses distances par rapport à tout ce qui appartient aux autres : leur air où ils projettent leurs miasmes, leur peau et ses orifices par lesquels ils dispersent leurs sécrétions ; l'ensemble de leur corps provoque une véritable répulsion. Il faut aussi supprimer tout ce qui sert de réservoir aux microbes : le bois des lits, les oreillers et les édredons qui s'imprègnent des transpirations, expectorations, sécrétions. Le lit sera donc en fer, son fond à claire-voie ; il sera déplaçable pour faciliter le nettoyage. Et surtout, il sera individuel. Pire, chacun dormira dans une chambre individuelle également. Alors plus que jamais, adieu câlins et câlinous.

À noter que les enfants seront aussi soumis à des mesures draconiennes d'hygiène, selon les recommandations des plus grands médecins : ils dormiront dans des « lits-cages » en fer, ils ne seront plus embrassés, caressés, bercés, ils ne seront plus nourris au sein. Des nurses rigides en blouses blanches amidonnées les prennent en charge, leur infligent des biberons de lait de vache et les promènent dans de vastes landaus, loin des microbes et loin… du cœur.

1. *Ibid.*

Lits de pauvres

Jusqu'ici, nous nous sommes principalement intéressés au couchage des gens aisés, ceux des châteaux, ceux des appartements urbains. Qu'en est-il des gens de la campagne ? Ce que nous allons en dire concerne le XIXe siècle, mais on peut l'étendre aux siècles qui ont précédé. Les plus misérables habitent une maison qui, le plus souvent, ne comporte qu'une seule pièce, rarement deux, la seconde étant alors pour les animaux. Dans cette unique pièce, « les vaches, les porcs, les poules et autres animaux tiennent compagnie à leurs maîtres qui n'en sont pas fâchés[1]... » Cette proximité ne gêne pas « ces gens pour qui la vie était entièrement tournée vers l'extérieur et qui ne voyaient nullement leurs bêtes comme "bestiales", mais comme des compagnons de tous les jours avec qui il fallait compter pour survivre et qui, en hiver, apportaient même leur part de confort à la maisonnée[2] ». Dans un coin de la pièce, à même le sol, quatre planches délimitent un espace où sont entassées plusieurs couches de fougère. Litière immonde où courent les marmots et les animaux.

Ceux qui sont un peu moins pauvres ont un vrai lit de bois, placé dans un coin de la pièce et garni d'une paillasse de balle d'avoine. Les dimensions de ce lit sont telles qu'une famille entière peut y trouver place. Plus le lit est haut, plus on paraît aisé. Ceux qui, pour épater le village, se paient des lits très hauts, sont obligés de monter sur un marchepied pour l'attein-dre. Sous le lit est logée la resserre à pommes de terre, dont l'épaisseur témoigne de l'aisance du propriétaire. Ceux qui ont plus de moyens, s'ils ne bénéficient guère d'une maison plus grande et donc d'une chambre à coucher, disposent en

1. *Ibid.*
2. *Ibid.*

revanche d'un lit clos, fermé par des portes coulissantes. Le sommier est fait de genêts, la paillasse, les oreillers et la couette de balle d'avoine ; les draps – quand il y en a – sont de chanvre. Le lit et sa literie sont très coûteux : ils représentent pour un « manouvrier » cinq années de travail. Aussi n'y a-t-il souvent qu'un seul lit par maison. Y dorment les époux et les plus jeunes enfants ; quatre personnes y tiennent côte à côte ou tête-bêche. Les enfants plus âgés dorment dans l'écurie ou dans l'étable avec les valets. Les familles qui ont un peu plus de moyens encore disposent de deux ou trois lits clos rangés dans les angles de la salle commune : l'un est pour les parents, le second pour les enfants et le dernier pour les domestiques. « Pièce maîtresse du mobilier et citadelle inviolable de la vie intime des êtres, ce lit à lui seul est un petit appartement privé[1]. » On se déshabille à l'intérieur, on place les habits à cheval sur le montant supérieur, on dort nu (la chemise de nuit est inconnue chez ces gens-là).

Dans ces conditions, il devait être difficile de délirer d'érotisme. Et puis le soir, on était trop fatigué pour penser à ça, tant étaient durs les travaux du jour. Quant à la nuit, elle n'était guère plus propice aux galipettes : « En fait, pour les paysans, la nuit à la campagne est faite pour dormir ; nuit hachée par des visites faites au bétail, l'étayage d'un toit lors de tempêtes ou par les hurlements inquiets des chiens, elle ne laisse guère de temps aux ébats. Les lieux d'amour sont dans les champs, dans les bois, dans les meules ou pendant les heures de la sieste dans les greniers. Il n'empêche que la maîtresse et son maître n'en ignoraient pas pour autant la douceur de la profondeur des lits clos[2]. »

1. *Ibid.*
2. *Ibid.*

Le lit au XXIe siècle

Actuellement et depuis le début du XXe siècle, avoir une chambre à coucher et un lit conjugal n'est plus un luxe : en Occident, toutes les couches sociales en disposent. Si luxe il y a, il n'est plus de posséder des lits somptueux mais des literies d'un haut niveau de confort, c'est-à-dire à la fois agréables et excellentes pour l'organisme. Nous y reviendrons au chapitre suivant. Dormir à deux est maintenant dans l'immense majorité des cas un acte d'amour. C'en est fini des mariages arrangés par les familles : désormais, on se marie par amour. Le mariage d'amour, apparu à la fin du XIXe siècle, s'est généralisé au XXe. C'est aussi depuis la fin du XIXe siècle que l'amour romantique est devenu la grande affaire de la vie. Il constitue le thème principal des romans, du théâtre, du cinéma, de la télévision. Dormir à deux est la concrétisation et la consécration de l'amour.

En ce qui concerne la sexualité, nos pays d'Occident n'ont jamais connu de période aussi faste : le plaisir n'est plus un péché, la femme y a droit autant que l'homme. En cas de problèmes sexuels, il est possible de consulter de bons manuels ou, mieux, d'excellents spécialistes. On peut même dire qu'en ces décennies, on ne pense qu'au sexe. D'ailleurs, tout est fait pour nous y faire penser : les magazines, la télévision, les vidéos, Internet, le cinéma, la publicité parlent de sexe à longueur de journée. Le malheur, c'est qu'ils nous en parlent sous le seul angle de la gymnastique, de la performance, de la possession et de la chosification de l'autre. C'est notamment le cas des magazines masculins. Alors que les revues féminines, en général, s'intéressent à la communication dans le couple. C'est que, à peine libérée de la répression religieuse, la sexualité est tombée entre les mains des marchands de chair et autres pornocrates qui la défigurent tout autant que la méprisaient les clercs. Ce fourvoiement est tragique pour le chemin de conscience de chacun et l'évolution de l'humanité en général.

Un rendez-vous avec l'avenir

En cette période de transition où notre société quitte le patriarcat et progresse vers une troisième civilisation qui reste à inventer, le lit occupe une place remarquable : il est le lieu de la rencontre la plus intime entre les deux moitiés de l'humanité, il en concentre les difficultés mais aussi toutes les possibilités. C'est une sorte de laboratoire d'inventions et d'expérimentations. L'homme doit s'adapter à cette nouvelle femme qui a la même valeur que lui, les mêmes droits que lui, qui n'accepte plus de se soumettre, qui dans le lit comme dans la vie veut partager le pouvoir, prendre des initiatives, être satisfaite. La femme, elle, doit se repositionner par rapport à l'homme, sans reconduire les erreurs qu'il commit à son égard, en particulier sans copier sa volonté de domination, son agressivité, sa cruauté, etc. Mais il ne suffit pas de négocier et de s'adapter l'un à l'autre dans la nouvelle donne pour inventer une nouvelle relation. Il faut en plus que chacun travaille sur sa conscience et particulièrement sur sa part d'ombre : ses peurs, sa possessivité, son besoin de fusion excessif, son égocentrisme, son matérialisme. La relation avec l'autre renvoie trop à la relation avec soi pour faire l'économie d'un travail de prise de conscience de soi-même.

On le voit, dormir à deux, partager sa couche, est en train de prendre une tout autre dimension.

2. L'art de la chambre

La chambre est la pièce où nous passons le plus de temps de notre vie. Si l'on se base sur une durée moyenne de sommeil de huit heures, ce temps constitue le tiers d'un jour plein et, *in fine*, le tiers de notre existence. Au temps du sommeil nocturne, il faut ajouter les séquences de repos diurnes – la sieste en particulier –, les moments où l'on s'isole pour réfléchir, méditer, lire, et enfin les heures où une maladie, une grossesse ou un accouchement à domicile nous contraignent à nous aliter. Sans oublier, instants suprêmes, le temps que l'on passe à faire l'amour.

À quoi sert un lit ?

Si la chambre et le lit sont bien faits pour dormir selon la définition du dictionnaire[1] («chambre : pièce d'habitation où l'on couche » ; « lit : meuble destiné au coucher »), en réalité on y fait quantité d'autres choses comme nous venons de le voir et comme une enquête l'a confirmé. À la question : « À part dormir, que faites-vous dans un lit ? », 63 % des interrogés ont répondu : « Nous faisons l'amour » (pourcentage qui atteint 84 % des 25-44 ans), 53 % « Nous lisons », 31 % « Nous écoutons de la musique », 26 % « Nous regardons la télévision », et 24 % « Nous prenons le petit déjeuner[2] ». Retenons toutefois que les deux « activités » principales auxquelles on s'adonne dans un lit sont bien le sommeil et l'amour.

Le confort du lit

Vu le temps que nous passons au lit et le nombre d'occupations auxquelles on s'y livre, il est logique qu'on

1. *Le Petit Robert* (11 volumes, 1980).
2. Pascal Dibie, *op. cit.*

accorde une importance majeure au choix de la literie. Pourtant, pendant trop longtemps, les gens ont été plus exigeants et plus dispendieux pour leur automobile, leurs appareils ménagers ou leur salon que pour un meuble où ils passent une si grande partie de leur vie. Heureusement, les choses évoluent et nombreux sont ceux qui désormais prêtent grande attention à l'achat de leur literie : ils veulent un lit non seulement confortable mais aussi excellent pour leur santé, protégeant leur squelette et leur musculature et favorisant leur circulation. C'est pourquoi les fabricants rivalisent de recherches sur les matériaux : leur élasticité, leur plasticité, leur aération, etc.

Quel matelas choisir ?

◆ **Le matelas à ressorts est préféré par 60 % des Français (les quadras), celui en mousse de latex par 18 % (les jeunes plutôt), celui en laine par 7 % (plutôt les seniors)[1].**
◆ **Le matelas à ressorts allie la souplesse et le maintien ; il doit être d'excellente qualité, sinon les ressorts se détachent.**
◆ **Le matelas en mousse de latex est moelleux ; il doit être aussi de très bonne qualité, sinon il est trop mou et à la longue il se tasse.**
◆ **Le matelas en laine donne à la fois une impression de tendresse et de fermeté ; et il « respire ». En hiver, il est particulièrement agréable car réchauffant ; et en toute saison il est très accueillant pour les câlins et les ébats amoureux ; il faut le retourner souvent et le recarder de temps en temps, sinon il se creuse en son milieu et dans ce creux les dormeurs glissent l'un sur l'autre.**

Pour le sommier, on a le choix entre les ressorts et les lattes. Les lattes ont de plus en plus de succès : elles sont fermes tout en s'adaptant aux pressions du corps et elles

1. Pascal Dibie, *op. cit.*

laissent respirer la literie. Chaque type de literie a ses habitués et ses partisans. Suivant les conseils du corps médical, de plus en plus d'utilisateurs optent pour la fermeté ; il est vrai qu'un lit trop mou déforme le squelette et provoque ou aggrave le mal de dos. En plus, ce n'est pas ce qu'il y a de mieux pour les jeux érotiques : dans cette mollesse, les corps s'enfoncent et se jouxtent mal, et les points d'appui – fesses, coudes, genoux, talons, etc. – s'enfoncent aussi, ce qui amollit les mouvements. Pour obtenir une douce fermeté, combinez un sommier élastique et un matelas ferme ou l'inverse ; il faut trouver un équilibre entre les deux. La literie doit être changée tous les dix ans.

À côté des lits habituels, il existe des lits spéciaux : le lit vibrant dont les vibrations détendent les muscles et les « nerfs » ; le lit modulable, en particulier le lit permettant la surélévation des jambes, dont le but est de favoriser la circulation veineuse (certains de ces lits comportent des moteurs électriques qu'il est préférable de débrancher la nuit pour annuler leurs champs électromagnétiques) ; et enfin le lit d'eau, *water bed*, dont le confort, ferme et fluide, est surprenant.

Dans les pays latins, dont la France, le lit à deux places l'emporte ; dans les pays anglo-saxons, ce sont les lits jumeaux, souvent accolés. En France, les lits jumeaux sont choisis par 3 % des moins de 44 ans et 14 % des plus de 44 ans[1]. En ce qui concerne le lit à deux places, il est choisi bas, ferme, aéré et vaste (de 1,50 à 1,60 m de largeur ; le format 1,80 m existe mais ces lits sont difficiles à trouver). Le lit à deux places est un espace où les aimants trouvent un bain de tendresse et de volupté incomparable, un espace où se tissent des liens profonds, y compris inconscients, entre les êtres, où ils s'arriment l'un à l'autre pour être plus forts dans la traversée de la vie. Certes, ce lit

1. *Ibid.*

présente quelques inconvénients, principalement pour ceux dont le sommeil est léger, mais la gêne occasionnée ne doit pas faire renoncer aux fabuleux bienfaits du dormir à deux, d'autant qu'elle est amendable. Nous reviendrons sur ces inconvénients dans la troisième partie.

Luxe, calme et volupté

Les draps, les taies d'oreillers, les housses de couettes se font maintenant en tissus synthétiques (nylon, etc.) et leur rembourrage en mousse synthétique. Ces matières engendrent des phénomènes électrostatiques susceptibles de perturber le sommeil des nerveux. De plus, elles sont froides au premier contact en hiver. Aussi, mieux vaut choisir le coton. Mais pourquoi, ici aussi, ne serions-nous pas plus exigeants ? Pourquoi ne pas nous offrir un peu de luxe ? Notre lit est quand même, on ne le répétera jamais assez, l'endroit où l'on passe le tiers de son temps. Alors, offrons-nous des draps en soie ou en satin (quel délice pour la peau), des oreillers et des couettes en duvet (quelle douce chaleur), sauf en cas d'allergie aux plumes.

Bien orienter le lit

Un lit à deux places ne doit pas être situé un flanc contre le mur, ni dans un angle. Cette situation gêne l'accès du partenaire qui dort côté mur ; et surtout, elle peut engendrer chez lui de l'angoisse pour peu qu'il soit claustrophobe, ou de l'oppression thoracique s'il est atteint d'insuffisance respiratoire. Quant à l'orientation du lit, on a prétendu que pour bien dormir il fallait placer la tête du lit – et donc celle du dormeur – du côté nord, nord magnétique s'entend (distant du nord géographique de 15 degrés), pour la bonne raison que les lignes du champ magnétique du globe vont du nord au sud. Faute de certitude scientifique, que chacun fasse comme il le sent. Ce qui est certain, c'est qu'il faut éviter de placer un lit sur un point qui pourrait être nuisible au sommeil en excitant le système nerveux ou en provoquant de l'anxiété. C'est le cas des nœuds de Hartmann, qui se trouvent au croisement des axes magnétiques nord-sud et des transverses est-ouest ; et des points situés à la verticale d'une source profonde ou d'une faille tellurique. Pour déceler ces puits, il faut faire appel à un radiesthésiste – qui opérera avec un pendule ou une baguette de sourcier – ou à un biogéologue (voir Adresses utiles p. 221).

Le sanctuaire du repos

La chambre est le sanctuaire du repos. Il faut donc la choisir et l'aménager de façon à ce qu'elle puisse remplir au mieux son office. Il faut opter, quand c'est possible, pour une pièce grande, bien éclairée, bien aérée. Il faut y proscrire tout ce qui est contraire au sommeil, c'est-à-dire tout ce qui est susceptible d'exciter le système nerveux et d'entretenir la vigilance : instruments de travail (ordinateurs, dossiers professionnels, livres techniques, etc.), écrans cathodiques sources d'énervement (télévision, minitel, etc.), représentations stressantes (certaines peintures, lithographies, photos, etc.). N'exposez pas, par exemple, les photos de personnes avec qui vous avez un contentieux, même si elles sont de la famille. Il faut aussi éviter tout ce qui peut émettre des radiations et des ions positifs, ions générateurs de tension nerveuse (les écrans déjà cités, les appareils et moteurs électriques branchés sur le secteur ; préférez les piles), ainsi que les tissus et les matériaux qui créent de l'électricité statique. Rappelons les moyens de se décharger d'un excès d'ions positifs : prendre un bain ou une douche ou simplement se passer les mains sous le robinet ; on peut aussi installer un négativeur d'ions positifs.

Le degré d'humidité de la chambre doit être intermédiaire. Trop de sécheresse dessèche la bouche et les fosses nasales, ce qui peut entraîner des ronflements. De plus, la sécheresse ambiante favorise la création des ions positifs. Si votre chambre est trop sèche, accrochez un humidificateur sur les radiateurs ou placez une soucoupe remplie d'eau sur un meuble ou utilisez un appareil diffuseur d'aérosols. La température de la chambre doit se situer autour de 18 °C, température dite de « neutralité thermique » où l'on a ni trop chaud ni trop froid. En tout cas, il vaut mieux que la température soit basse plutôt qu'élevée, car il est alors agréable de se nicher sous les couvertures et tout contre son conjoint ; de plus, on respire mieux à l'air frais. Inversement, trop de chaleur n'incite pas à se nicher et alourdit l'air.

Les matières et matériaux dont se compose la chambre devront être naturels, autant que faire se peut. Les matières naturelles irradient des ondes qui s'harmonisent avec les tissus vivants de notre organisme, alors que les matières synthétiques, mortes, n'émettent rien ou, pire, engendrent des charges électrostatiques. Utilisez donc, pour les rideaux et les tentures, des tissus naturels (coton, soie, lin, laine, velours, satin, etc.), et du bois massif pour les meubles (ni aggloméré, ni contreplaqué). En ce qui concerne la décoration, qu'elle ne soit ni austère, ni luxuriante, mais harmonieuse. L'harmonie d'une pièce contribue à l'équilibre des individus et à celui du couple. L'atmosphère générale d'une chambre doit être apaisante. Les couleurs et les lumières vont ici jouer un grand rôle, comme nous allons le voir plus loin.

Le temple de l'amour

La chambre est le lieu privilégié de l'intimité affective et de l'intimité sexuelle. C'est bien ici que les partenaires s'unissent le plus souvent (même si, pour lutter contre l'usure, il est conseillé de varier les lieux et de goûter à la mousse des bois et aux meules de foin). La chambre est donc le temple de l'amour et le lit son autel. Il est donc souhaitable que cette chambre porte à l'amour. La chambre remplissant essentiellement deux fonctions – sanctuaire du repos et temple de l'amour –, on pourrait se demander s'il n'y a pas d'incompatibilité entre les exigences de l'une et de l'autre. Ce qui est bon pour le repos l'est-il aussi pour l'amour ? Ce qui incite au calme et induit le sommeil ne risque-t-il pas d'éteindre le désir ? Et inversement, ce qui porte à l'érotisme ne s'oppose-t-il pas à l'endormissement ? C'est par la beauté et l'harmonie qu'on sortira de ce dilemme : tout ce qui est harmonieux et beau favorise autant la détente que l'amour. Au contraire, ce qui est laid, ce qui inspire la tristesse, l'angoisse ou l'horreur gêne aussi bien le sommeil que la volupté. La chambre peut donc être à la fois le sanctuaire du repos et le temple de l'amour, si l'on sait faire des choix esthétiques. Voyons point par point ce qui est bon pour l'érotisme et demandons-nous si c'est bon aussi pour le repos.

En ce qui concerne la literie, la plus propice à l'amour, c'est celle qui est à la fois tendre et ferme, comme on l'a dit plus haut : tendre pour être agréable, ferme afin que les corps et les points d'appui ne s'enfoncent pas. Sur ce premier point, il n'y a pas d'incompatibilité entre repos et amour. Quant aux accessoires, il est préférable pour l'érotisme de choisir des tissus et des matières plus voluptueuses : le satin, la soie pour les draps ; la plume pour les oreillers et la couette. Ce qui est également excellent pour le sommeil.

Pour la décoration (tableaux, chromos, photos, terres cuites, sculptures, etc.), il faut éviter ce qui inspire de la tristesse et de l'angoisse et tout ce qui rappelle le travail. Faut-il placer dans la chambre des représentations érotiques ? Oui, si elles sont de qualité, car ce qui est artistique contribue à enrichir et à élever la sexualité. Un très beau nu, une très belle scène d'enlacement, voire d'union sexuelle, sous quelque forme que ce soit – peinture, photo, statue, etc. – sont bienvenus. On peut aussi exposer des représentations exprimant les sentiments amoureux (amants yeux dans les yeux ou main dans la main, etc.). Et d'autres figurant la beauté et la puissance de la nature (fleurs, champs de blé, lever de soleil, etc.). Tout cela chante la vie et donc porte à l'amour sans contrarier l'atmosphère d'apaisement. La beauté permet ici aussi de concilier les deux fonctions de la chambre. En revanche, il est préférable de ne pas afficher d'images vulgaires qui chosifient les êtres. Elles abaissent le niveau des pensées et, par excitation, pourraient s'opposer à la détente.

Jouer avec les couleurs

En ce qui concerne les couleurs – des murs, des rideaux, des draps, etc. –, les choix sont plus difficiles car elles peuvent avoir des effets contraires à l'un des usages de la chambre. Il vous faut donc bien connaître les actions des couleurs sur le système nerveux et sur le psychisme. Autrefois, la connaissance des couleurs était empirique, mais des travaux modernes en ont fait une science, la chromothérapie, qui a confirmé ce que l'on savait et a apporté de nouvelles informations.

Les couleurs froides, le bleu et le vert en particulier, apaisent le système nerveux et le psychisme et détendent les muscles. Par ailleurs, elles déterminent une prédominance du système parasympathique : or, cette prédominance accompagne l'état de sommeil. C'est dire que le bleu et le vert sont favorables au sommeil et conviennent au sanctuaire du repos. Mais elles réduisent le désir et donc ne conviennent pas au temple de l'amour.

Les couleurs chaudes (le rouge, l'orange et le jaune, entre autres) stimulent le système nerveux et le psychisme, et tonifient la musculature. Et surtout elles excitent le désir. Par ailleurs, elles entraînent une prédominance du système sympathique : or, c'est cette prédominance qui caractérise l'état de veille. C'est dire que le rouge, l'orange et le jaune sont bons pour les échanges sexuels et ont leur place dans le temple de l'amour. Mais elles sont contraires au sommeil et ne devraient pas se trouver dans le sanctuaire du repos.

Lumières et couleurs

Face à ces effets antinomiques, que faire ? On ne dispose pas d'une baguette magique qui ferait apparaître tantôt une lumière froide quand on a envie de dormir, tantôt une lumière chaude quand on a envie de faire l'amour. La solution pourrait être celle-ci : choisir le blanc pour les surfaces de la chambre (murs, boiseries, moquettes, plafond) et disposer d'un jeu d'ampoules de plusieurs couleurs, les unes froides et les autres chaudes, qu'on choisit en fonction de la situation :
— si l'on souhaite se reposer, on allume les ampoules bleues ou vertes ;
— quand on veut être dans la volupté, on allume les ampoules rouges, orange ou jaunes.
Les ampoules de couleur se trouvent dans le commerce, il suffit de les visser sur divers supports : lampes de chevet, appliques, etc. On peut aussi utiliser des ampoules blanches qu'on place à l'intérieur de contenants colorés : abat-jour de papier ou de toile de couleur, formes en verre teinté (cylindre, boule, vasque, plafonnier, etc.). Dans tous les cas, grâce au blanc des surfaces, la pièce aura une ambiance monochrome. Reste à choisir la couleur qui correspond à l'activité projetée ou en cours.

En ce qui concerne le blanc, il faut utiliser du blanc légèrement teinté (blanc cassé, coquille d'œuf pâle) et mat, c'est-à-dire sans possibilité de brillance. Les meilleures surfaces sont obtenues par des enduits finement crépis ou talochés, des papiers fibreux ou des tissus écrus.

Il est bon aussi de connaître les autres effets des couleurs citées. Le bleu, par exemple, apaise (c'est la couleur des hôpitaux, des soldats de l'ONU, etc.), mais en plus il incite à la communication, il ouvre aux autres et à l'univers. On pourrait créer une ambiance bleue quand on a spécialement envie de dialoguer avec son – sa – conjoint(e).

Les effets de quelques couleurs

Le rose porte à la tendresse mais aussi à la volupté. Il convient aussi bien au repos qu'aux échanges sexuels.

Le bleu turquoise calme l'esprit agité par un travail intellectuel intense. Il convient plutôt au repos.

L'indigo apaise le système nerveux mais stimule l'activité intellectuelle supérieure et élève la conscience à la spiritualité. On l'utilisera pour la méditation ou pour donner à la sexualité une tonalité sacrée.

Le violet a les mêmes effets mais il est particulièrement anxiolytique, c'est-à-dire anti-angoisse. On l'utilisera comme l'indigo mais plus spécialement quand on se sent angoissé.

Le pourpre est carrément hypnogène et il réduit le désir sexuel. Il est à réserver au repos.

L'écarlate, au contraire, excite intensément le système nerveux et l'activité sexuelle. Alors qu'il accompagne les jeux de l'amour !

Voici comment pourrait se dérouler une journée sous l'égide des couleurs. Dès le dîner, si vous avez envie de tendresse, portez du rose : ça peut être un chemisier, une chemise, un polo, etc. Soulignez la couleur par une touche ponctuelle plus soutenue : un petit foulard, une pince à cheveux, un bijou de préférence brillant (collier, bracelet, bague avec un chaton bien visible). Si vous êtes en appétit érotique, portez de la même façon du jaune ou de l'orange ; évitez le rouge le soir car trop tonique, trop énervant, surtout si votre partenaire est rentré(e) stressé(e), les nerfs à fleur de peau : on n'agite pas un chiffon rouge devant un taureau nerveux. Si vous avez envie de communiquer avec votre partenaire, portez du bleu. Si vous avez envie de donner à ce dialogue une tournure spirituelle ou si vous souhaitez méditer ensemble, portez de l'indigo ou du violet.

En prévision du passage dans la salle de bains, préparez-y des peignoirs de bain et des serviettes de toilette de la couleur qui correspond à vos souhaits : rose pour la tendresse, jaune ou orange pour le désir (évitez ici aussi le rouge), bleu ou vert pour l'apaisement. Avant le coucher, revêtez une robe de chambre, une chemise de nuit ou un pyjama de la couleur qui correspond à vos souhaits. Au coucher, *le nec plus ultra* serait de changer les tissus (draps, oreillers, couettes) en fonction de votre état d'âme et de désir ; c'est compliqué, à réserver à certains jours. Mais grâce aux lampes colorées, vous pourrez créer facilement l'ambiance que vous désirez. À l'aube, et spécialement si vous traversez une phase de dépression ou d'asthénie, allumez une lumière rouge, choisissez des serviettes de toilette rouges et habillez-vous avec une prédominance de rouge, d'orange ou de jaune. Si vous n'aimez pas vous couvrir de couleurs, une touche bien marquée pourrait suffire : foulard ou bijou. Ces coloris soutiendront votre énergie et vous porteront tout le jour.

Aux vertus des couleurs vous pourrez ajouter la magie de la musique – relaxante, tonique, glamour, aphrodisiaque, etc. (voir Annexes p. 217) – selon ce que vous souhaitez ; et la magie des parfums : un nuage d'essence de tilleul pour la relaxation, une touche de bois de santal pour accompagner le désir ; sans oublier les volutes d'un bâton d'encens du Tibet pour porter la méditation. Par ces raffinements sensuels, on rend hommage à notre partenaire et au-delà d'elle, de lui, à la vie qui la, le, porte et souffle sur le monde.

Les lumières de la chambre

Nous avons parlé des couleurs, mais qu'en est-il de la lumière ? Il faut proscrire les éclairages directs, dont la brutalité est contraire à l'intimité, à la tendresse et à la détente, et utiliser des éclairages indirects : abat-jour, coupes sur pied ou vasques murales dirigées vers le plafond, etc. ; répartis en deux ou trois points, ils créent une ambiance propice aux émotions douces, au rapprochement et au sommeil. Pour lire, préférez les spots individuels orientables.

Et les enfants ?

La fréquentation de la chambre des parents par les enfants pose un problème à beaucoup. Au cours de l'histoire, nous sommes passés par des périodes où les enfants y ont été largement accueillis, d'autres où ils y ont été interdits. Ces dernières années, nous avons vécu une période de grande libéralité : l'enfant était roi et toute la famille était centrée sur ses désirs ; il entrait et sortait à sa guise de la chambre des parents, quitte à tomber un jour sur une « scène primitive » ; il dormait quand il le voulait dans le lit des parents ; et il voyait ses parents nus se promener dans l'appartement ou se laver dans la salle de bains. On donnait alors la priorité à la progéniture sur le couple ; on niait l'importance de la relation duelle et le besoin d'intimité de chacun.

On s'achemine maintenant vers une attitude plus juste. Les psychologues, comme chacun d'entre nous, ont constaté que le laxisme, et le manque de repères qui en résultait, rendait les enfants moins structurés et, *in fine*, souvent violents. Et, en ce qui concerne le couple, que le manque de références au cours de l'enfance engendrait des êtres qui, arrivés à l'âge du mariage ou du concubinage, avaient les plus grandes difficultés à construire une union viable. Posons donc comme base que le couple est le pivot de la famille et qu'il est bon que ce couple ait une vie propre, intense et protégée. C'est bénéfique pour ceux qui constituent le couple, ainsi que pour les enfants dans la mesure où voir des adultes former une union féconde et s'y épanouir les aide à se structurer. Soyons autant épouse ou époux que mère ou père, le développement des enfants n'en sera que meilleur.

Dans cette optique, les espaces privés doivent rester privés. La salle de bains doit être un endroit intime et inviolable où chacun est assuré d'être seul avec soi-même. La chambre est également un lieu absolument réservé, celle des parents comme celle des enfants. Pour ce qui concerne la chambre conjugale, elle est le lieu sacré du couple où les conjoints partagent l'intimité affective et sexuelle. Les enfants n'ont pas à y entrer comme dans un moulin ; lors des moments d'intimité des parents, elle leur sera interdite et la porte pourra même être fermée à clef. On n'y pénètre jamais sans permission et sans avoir frappé. Cette base posée, les enfants y seront accueillis avec amour pour faire une confidence, se faire consoler d'un chagrin ou d'un cauchemar, ou faire un câlin de temps en temps, par exemple le matin. Faut-il permettre à un enfant de dormir dans le lit des parents ? C'est une pratique fréquente ; mais c'est aussi une faille dans l'intimité du couple, qui risque de devenir irréversible quand le pli est pris. Quant à la nudité, elle n'a pas à être publique. Notre corps n'appartient qu'à nous. S'il a sa beauté, il a aussi ses secrets : il n'a pas à être exposé, banalisé. Il se peut que les enfants se sentent frustrés de n'avoir pas tous les droits. Mais cela les oblige à chercher leur plaisir ailleurs. C'est ainsi qu'ils se structurent et grandissent. Quant aux parents, ils n'ont pas à se sentir coupables : c'est en s'aimant eux-mêmes et en s'aimant l'un l'autre qu'ils aimeront mieux et aideront mieux leurs enfants.

3. Le Feng Shui de la chambre

Le Feng Shui est l'art d'aménager la maison dans le but d'offrir à ses habitants les meilleures influences. Vieux de 5 000 ans, il fait partie de l'art de vivre des Chinois. Le Feng Shui de la chambre est l'art d'aménager cette pièce de façon à y créer une circulation d'énergie et un équilibre énergétique propices au sommeil. Sont pris en considération la situation de la chambre, son ameublement, sa décoration et tout ce qui concerne le lit. C'est dire que les Chinois avaient pris conscience depuis longtemps qu'un endroit où l'on passe le tiers de sa vie méritait des soins particuliers afin d'y établir une ambiance protectrice et harmonieuse.

Le Feng Shui dont nous allons parler est « le Feng Shui des formes[1] », une modalité occidentalisée où seuls sont retenus les principes universels du taoïsme sans qu'il soit besoin d'entrer dans les croyances et les arcanes de la religion orientale. Il est, du reste, étonnant de constater que les Anciens, bien avant l'ère scientifique, avaient élaboré des concepts qui peuvent recevoir maintenant une formulation moderne.

Les bases du Feng Shui

Le Feng Shui se fonde sur les croyances de la plus ancienne religion chinoise : le taoïsme. Selon elle, à l'origine de tout, il y a le Tao, que d'aucuns appellent aussi l'Unité, la Divinité ou Dieu. Il engendre le Chi, c'est-à-dire l'énergie universelle, qu'on appelle encore souffle divin, vie, verbe. Ce Tao est créateur d'harmonie, d'équilibre. Il suit la voie du Milieu. C'est pourquoi spontanément tout est à sa juste place. Ce Tao concerne la matière (inerte) aussi bien que le vivant, l'humain y compris. L'homme est donc

1. Alexandra Virag, Bruno Collet, *Feng Shui, force d'harmonie*, Trajectoire,1999.

relié en permanence à l'univers, il participe à ses lois. Son inconscient le fait naturellement ; sa conscience peut s'en laisser détourner mais, par la grâce de la spiritualité, elle peut aussi y retourner. C'est à partir de cette conception du monde que les Orientaux inventeront la médecine chinoise, dont l'acupuncture, les arts martiaux, le taï-chi-chuan et le Feng Shui justement.

Un autre fondement du Feng Shui est la croyance en l'influence de la maison sur ses habitants : l'agencement de la maison et sa décoration exercent une action tant sur le mental que sur la santé des êtres. Il faut donc trouver l'aménagement qui soit le plus favorable possible aux occupants et cela dans tous les domaines de la vie (l'amour, les enfants, la santé, le travail, les finances, etc.). Un mauvais aménagement entraînera des échecs sur tous les plans, de la tristesse, voire de la dépression. Heureusement, dans ce cas, il suffira de transformer l'agencement pour que la vie de l'occupant s'améliore.

La décoration d'une maison, en particulier, est bien la projection dans l'espace de notre monde intérieur et le décor, le reflet de notre structure psychique : accrocher tel tableau sur un mur, placer telle statuette sur un meuble n'est pas sans signification ; c'est notre inconscient – qui nous connaît mieux que nous-même – et non notre raison qui a choisi. Et inversement, c'est lui qui perçoit l'influence de la décoration. Ainsi, dans le pouvoir symbolique des choses, notre inconscient joue un grand rôle : c'est lui qui leur donne un sens et c'est lui qui, inversement, réceptionne leur message.

Puisque dans votre maison les choses que vous avez choisies vous influencent en permanence, vous pourrez vous transformer en changeant votre décor. Du reste, spontanément, en évoluant, nous éprouvons le besoin de modifier le décor, l'ancien ne correspondant plus à notre nouvel état psychique. Cette influence – instantanée et permanente – des objets sur nous indique que le poids de la matière a autant de force que le poids de la pensée. Ce pouvoir des choses pourrait sembler magique s'il ne s'expliquait par les radiations et la symbolisation.

Tout ce qui nous entoure est susceptible de nous influencer

Cela est vrai des personnes aussi bien que des objets (meubles, tentures, tableaux, etc.) et de leurs couleurs. Leurs effets s'exercent de deux façons : par les vibrations qu'ils émettent et par leur valeur symbolique. Toute matière, tout être émet des vibrations sous forme d'ondes, de rayonnements, car toute matière est faite de particules vibrantes. Les formes émettent des ondes (les « ondes de forme »), les couleurs émettent des rayonnements, etc. Par ailleurs, toute chose est porteuse de symboles et détient un pouvoir symbolique : ce dont elle est faite et comment elle est faite parlent à notre conscience, influent sur elle. Soit que cette chose traduise de façon concrète les lois universelles (comme le font aussi dans le langage parlé les mythes et les contes) : par exemple, la figuration d'un soleil levant symbolise le triomphe de la vie ; soit qu'elle représente ce que chacun y met de soi (ses émotions, ses croyances, ses buts) et que l'objet nous renvoie : par exemple, la photo de la crypte d'une église peut figurer notre besoin d'intériorité. Même si on n'a pas conscience d'avoir choisi tel objet pour ce qu'il représente pour nous, il a quand même bien été notre choix et il nous influence.

Le Chi

Le Chi (prononcez « ki ») est le courant, le souffle de l'énergie universelle qui parcourt le monde, traverse et emplit les êtres vivants, la matière et les objets. Cette énergie est issue du cosmos et son origine pourrait être divine. Dans tout ce qu'il rencontre, le Chi universel dépose une part d'énergie, si bien que toute chose a son Chi : la Terre (c'est l'énergie tellurique), les matériaux, les objets aussi et bien sûr le vivant. Chez les humains, le Chi investit le mental et le physique qui ont donc chacun leur propre énergie. Toute chose étant faite de particules, cette énergie fait naître en chacune des vibrations qui à leur tour se transmettent à l'extérieur sous forme de Chi qui interfère sur les Chi ambiants. Aussi, le Chi universel se charge à son tour du Chi issu des vibrations de chacune des choses.

La circulation du Chi

En s'écoulant comme un fluide, le Chi non seulement pénètre les choses, mais il varie d'intensité et de direction selon ce qu'il rencontre. La forme des choses le modifie : lorsqu'il rencontre des lignes droites (des rues rectilignes par exemple, des angles), il s'accélère ; ce Chi rapide, dit « en flèche », est agressif, voire violent. Au contraire, les courbes et les rondeurs l'adoucissent. Mais dans des recoins et des culs-de-sac, il ralentit et même stagne ; ce Chi stagnant est dégradé. La densité des choses modifie aussi le Chi : les matériaux durs l'accélèrent et le durcissent (pierre, brique, béton, carrelage, verre, métal...) ; les matières plus douces le ralentissent et l'adoucissent (bois, tissus...).

Dans la maison, le Chi pénètre par les ouvertures, essentiellement par la porte principale, puis il circule entre les murs, les meubles et les êtres. Le Chi distribue de l'énergie dans tout l'intérieur de l'habitation et il se modifie en fonction des objets qu'il rencontre, se chargeant des énergies qui émanent des choses et se transformant selon la forme et la densité de ces choses. Le Chi circule bien quand il ne croise pas trop d'obstacles : c'est pourquoi il est bon de laisser les portes et les fenêtres entrouvertes le plus souvent possible et de ne pas trop encombrer de meubles et d'objets l'espace de la maison. S'il rencontre des fleurs ou des plantes, il se charge d'énergie ; s'il rencontre des poubelles, il récolte de l'énergie négative. Il en est de même avec les êtres : au contact de personnes optimistes, pleines d'amour, rayonnantes, il va prendre une allure tonique, joyeuse ; au contact de personnes sombres ou haineuses, il va se faire stressant.

Le yin et le yang

L'organisation de l'univers est fondée sur la dualité, l'opposition perpétuelle des contraires et notre vie quotidienne est régie par cette dualité : à la vie s'oppose la mort, au bien s'oppose le mal, au blanc le noir, à l'amour la haine, au plaisir la douleur, etc. Toutefois, les deux pôles ne sont pas séparés, indépendants, ils existent l'un par l'autre. « Aucun principe affirmatif ne pourrait exister s'il n'était contrebalancé par son contraire. Rien permet à Tout d'exister. Et le Tout contient tout, y compris le Rien. Ensemble ils forment l'Unité[1]. » Plus précisément, le taoïsme distingue le principe masculin, ou yang, et le principe féminin, ou yin. Voici opposés en paires fondamentales ce qui est yang et ce qui est yin : le père-la mère, le conscient- l'inconscient, le soleil-la lune, le ciel-la terre, la lumière-l'obscurité, le jour-la nuit, le chaud-le froid, le sec-l'humide, le mouvement-l'immobilité, l'émission-la réception. Le but de l'existence est, par un cheminement intérieur empruntant la voie du Milieu, d'équilibrer et d'unir les deux principes dans un centre d'équilibre parfait. Là est l'unité originelle, la pure énergie divine, le Tao. Si on ne peut la réaliser, il faut s'efforcer de s'en approcher. Et quand on en est proche, on est habité d'une énergie et d'une félicité divines.

« Le Feng Shui est l'art d'aménager l'habitation de manière à harmoniser les deux grands courants[2]. » Un amé-

1. Alexandra Virag, Bruno Collet, *op. cit.*
2. *Ibid.*

nagement équilibré procure à la maison une grâce et une paix remarquables qui influencent favorablement les occupants. En réalité, on ne cherche pas un équilibre total entre les deux principes, car chaque pièce a besoin, selon son usage, d'une légère prépondérance de yin ou de yang. Si l'on y pratique des activités yin (de détente), il faudra privilégier un petit plus le yin, quitte à en apporter un supplément. Et inversement pour les activités yang, d'action.

• Sont yang dans une maison : la lumière (naturelle ou artificielle), les formes rectilignes (droites, carrées...), les formes anguleuses (coins, arêtes...), les matériaux denses (pierre, carrelage...). Le yang sera réservé aux pièces consacrées à l'action (bureau, cuisine, salle à manger). Encore faut-il, comme il vient d'être dit, que le yang ne prime que subtilement. Si une pièce à agir manque de yang, autrement dit si elle est trop yin, il faut lui apporter du masculin. Par exemple, si une cuisine manque de lumière naturelle, il faut supprimer tout ce qui entrave le jour (les rideaux, les stores...), laisser la fenêtre ouverte et mettre des touches de peinture rouge, jaune ou orange.

• Sont yin : la pénombre, les formes courbes (incurvations, cercles, ovales...), les matériaux peu denses (bois légers), les matières douces et moelleuses (tissus...), les fleurs. Le yin sera réservé aux pièces de détente et de sommeil (salle de bains, chambre). Ici aussi il suffira d'une légère prépondérance yin. Les dosages sont délicats mais passionnants à réaliser.

Application à la chambre

On appliquera à la chambre et au lit les règles générales d'aménagement du Feng Shui : on tiendra compte de l'énergie Chi et de ses variations, du pouvoir des symboles, de l'influence des couleurs, de l'équilibre entre le yin et le yang. La chambre étant une pièce de détente et de ressourcement, le yin doit y être – légèrement –

prédominant. Il est avéré que la qualité du sommeil dépend de l'environnement yin. Dans la journée, on a besoin de yang pour agir – agir sur un rythme rapide et stressant – et supporter les agressions liées aux bruits et aux lumières intenses – en particulier celles des divers écrans. Tout cela nous coûte beaucoup d'énergie qu'il faut récupérer la nuit. Le yin favorisera ce ressourcement ; c'est pourquoi il faut créer dans la chambre une ambiance yin et proscrire toute prépondérance yang et, si elle existe, la compenser par un apport de yin. Voyons point par point ce qu'il faut éviter et ce qu'il faut préférer.

Les formes

Évitez ce qui est pointu, anguleux, en arête, tant pour les murs que pour les meubles ou la décoration. Ces formes rendent le Chi agressif et sont en elles-mêmes des symboles d'agressivité ; en plus, elles sont yang ; tout cela accroît la tension nerveuse. Donc, supprimez tout ce qui est angle, sinon recouvrez-les de matière yin : tissu (drapé, voilage...), moulures de bois arrondies, plantes retombantes, etc. Choisissez pour votre chambre des formes yin : des courbes, des arrondis, des ovales, etc.

Les matériaux

Évitez les matériaux durs (pierre, brique, carrelage, métal, etc.) ; ils accélèrent le Chi et ils sont yang. Préférez les matériaux plus tendres : le bois (spécialement des bois clairs et légers comme le pin, l'osier, le rotin), le liège, les tissus (rideaux, tentures, coussins), les tapis et moquettes (sauf en cas d'allergie aux acariens ou aux matériaux utilisés).

Les lumières et les éclairages

Évitez les lumières et les éclairages vifs et directs, trop yang (sauf dans la journée où il faut laisser entrer la lumière naturelle, l'air et le Chi). Préférez les lumières et éclairages doux et indirects, en un mot, tamisés, parce qu'ils sont yin. Si la chambre est inondée de lumière à l'aube ou au coucher, utilisez des persiennes ajourées ou des tentures, mais juste à ces moments-là, et placez sur un mur des tableaux représentant de l'eau et de la verdure qui apporteront une tonalité froide.

Quels meubles choisir ?

◆ Évitez d'accumuler les meubles afin de laisser circuler de manière fluide l'énergie.
◆ Éliminez pour commencer ceux qui n'ont rien à faire dans une chambre, ne serait-ce que parce qu'ils apportent du yang (meubles de travail, étagères, piano, etc.).
◆ Enlevez aussi les meubles à arêtes vives, mauvais pour le Chi et trop yang, de même que les meubles hauts ou larges, encombrants. Dans l'idéal, aucun meuble ne devrait aller du sol au plafond. Mais c'est rarement le cas, notamment dans les appartements modernes où la place manque pour le rangement.
◆ Disposez les meubles de façon à ce qu'ils n'entravent pas le parcours du Chi ; ne les placez pas près d'une porte ou devant une fenêtre.

Les objets

Évitez les statuettes et autres objets décoratifs qui ont une forme pointue ou anguleuse, ainsi que les tableaux abstraits à dessins géométriques, car ils sont anti-Chi, symboliquement agressifs et yang. Évitez les instruments de travail (téléphone, télévision et ordinateur) parce qu'ils sont yang. En revanche, placez des objets aux lignes courbes et aux formes arrondies. Quels que soient ces objets, ils doivent évoquer le couple, le duo : soit exister en double – avoir un « pendant » –, soit figurer deux êtres ou deux choses ; par exemple, deux statuettes ou sur un même tableau deux personnes ou deux oiseaux.

Les photos

Les photos des enfants, des parents ou du chien seront mises dans d'autres pièces, la salle de séjour par exemple, ainsi que les photos des défunts. Seront éliminées également les photos où seul un des deux aimants figure ; toutefois, il est bon d'exposer des photos où le couple est réuni, spécialement les photos rappelant des moments importants et heureux : photos des débuts, de mariage, de vacances, etc.

Le cristal

Il dynamise le Chi. Il faut donc, selon les spécialistes du Feng Shui, « doser » son emploi dans la chambre. On peut accrocher un lustre en cristal à condition qu'il ne soit pas trop chargé, placer une boule de cristal devant la fenêtre, ou mettre deux cristaux de roche dans la zone amour – le cristal de roche « purifie » l'énergie en captant les rayonnements nocifs – ou enfin poser deux améthystes sur la table de nuit – ces gemmes apaisent, harmonisent et élèvent la conscience. On trouve ces cristaux dans les boutiques « bio » ou ésotériques.

Les miroirs

Ils réfléchissent le Chi en l'intensifiant et en l'accélérant très vivement, ce qui contrarie le repos. Ils sont particulièrement nocifs quand ils sont plusieurs à se renvoyer l'énergie ou quand ils se trouvent en face du lit : si, étant dans votre lit, vous voyez votre image, vous êtes sûr de recevoir de plein fouet la réflexion du Chi ; si vous avez dans votre chambre une armoire à glace ou l'une de ces portes coulissantes munies d'un miroir, ou une psyché, couvrez-les la nuit d'un tissu.

Les plantes vertes et les fleurs

Elles ont des effets favorables le jour, comme symboles de vie et productrices d'oxygène et un effet négatif, la nuit, comme émettrices de gaz carbonique. Vous pouvez en garnir votre chambre à condition de les sortir le soir. En tout cas, il faut toujours bien les soigner : des plantes et des fleurs mal entretenues – qui manquent d'eau, de lumière, de nourriture – puisent de l'énergie dans la pièce pour maintenir leur vitalité. Vous pouvez aussi placer des fleurs artificielles car leurs effets, comme symbole de vie et principe féminin, sont les mêmes ; mais utilisez des éléments nobles (soie, papier, etc.).

À éviter dans une chambre

- **Les objets uniques car ils évoquent la solitude.**
- **Les fleurs séchées parce qu'elles représentent le flétrissement de la vie et la fin d'une relation, d'un amour.**
- **Les animaux empaillés et les objets mortuaires (urnes, antiquités macabres, etc.) parce qu'ils symbolisent la mort.**
- **Les armes blanches ou à feu parce qu'elles symbolisent la haine et la mort.**
- **Les objets de rituels exotiques (masques, statuettes, gri-gris, etc.) parce qu'ils peuvent être chargés de vibrations négatives.**
- **Les représentations qui font peur.**

La zone d'amour

Dans chaque pièce, il existe une zone qui concerne les relations affectives et spécialement les relations amoureuses. Elle se situe, quand on se trouve à la porte d'entrée principale, dans l'angle que fait le tiers droit du mur en face avec le tiers gauche du mur de droite. On peut dire de la chambre qu'elle est dans sa totalité une zone d'amour ; toutefois, l'angle décrit ci-dessus concentre au maximum les vibrations d'amour. L'aménagement de cette zone en général, mais spécialement dans la chambre, déclenche des événements puissants et rapides dans le domaine de la relation amoureuse. Sans doute est-ce lié à la transformation du sujet lui-même, à partir du moment où il apporte plus d'attention à cette relation. Il ne faut pas attendre que les choses se dégradent pour se préoccuper de cette zone ; on peut le faire alors que tout va bien, afin d'aider l'amour à poursuivre son heureuse évolution.

Cette zone doit être agencée de telle sorte qu'elle inspire une ouverture radieuse du cœur, de la profondeur, de la délicatesse et, pour ceux qui le souhaitent, de la hauteur, voire du sacré. Concevez-la comme un autel dédié à l'amour. Sur les murs, accrochez une image (un tableau, une aquarelle, un chromo, etc.) évoquant l'amour, sur une console ou une commode drapée d'un tissu (une soie moirée par exemple), posez une statuette symbolisant l'amour, une ou plusieurs photos de votre couple, deux bougies, un vase de fleurs. Placez également tout le reste de la chambre sous le signe de l'amour : disposez, dans d'autres zones, d'autres images, photos ou céramiques en rapport avec l'union des cœurs. Selon les étapes de l'évolution de l'amour, on adaptera la décoration. En matière de fleurs, par exemple, on choisira une rose : rouge si l'on souhaite nourrir des sentiments passionnés, rose si l'on veut donner la priorité à la tendresse ; des lys blancs si l'on veut exalter des sentiments élevés ; des fleurs des champs si l'on veut rendre grâce au bonheur quotidien[1].

Le lit

Le lit doit être orienté en fonction de la porte d'entrée : il ne doit pas se trouver dans l'axe de cette porte, sinon il serait en plein dans le courant du Chi qui, on le sait,

1. *Ibid.*

s'introduit par l'ouverture principale et se dirige vers la fenêtre. Trop de Chi empêcherait le sujet de se détendre et perturberait le sommeil. Par ailleurs, on doit voir la porte d'entrée directement du lit, sans tourner la tête ; c'est une question de sécurité : il s'agit d'éviter d'être surpris par une intrusion subite, celle d'un enfant bondissant par exemple. Cette précaution, évitant une tension nerveuse inconsciente, assure une tranquillité plus profonde. La tête de lit ne doit pas se trouver sous une fenêtre, ne serait-ce qu'une imposte ou un Velux ; cette situation expose le dormeur au Chi qui se dirige vers l'ouverture, le dynamisant au passage, contrariant ainsi sa détente. S'il est impossible de déplacer le lit, il faut disposer une épaisse tenture devant la fenêtre, au cours de la nuit. La tête de lit ne doit pas non plus se trouver entourée ou surmontée de livres, surtout si les livres sont des ouvrages professionnels ou traitant de sujets qui passionnent le dormeur ; le risque ici aussi est de gêner le sommeil. Le pied du lit doit donner sur un espace libre, au minimum un passage permettant d'accéder à la porte.

Enfin, il faut éviter qu'au-dessus du lit il y ait un plafond en pente avec, qui plus est, une poutre transversale en surplomb, comme c'est le cas dans les chambres mansardées. La pente renvoie le Chi sur les dormeurs, et les arêtes de la poutre le fragmentent. Dans ce cas, il faut installer un tissu par-devant la pente afin de permettre à l'énergie de glisser ; on choisira un tissu moelleux, de couleur tendre.

Les couleurs

Il y a longtemps que le Feng Shui reconnaît que les couleurs influent considérablement sur notre psychisme et qu'il explique ces effets par les vibrations qu'elles émettent et par leurs significations symboliques. Il n'empêche qu'il ne veut rien imposer, mais plutôt respecter le ressenti de chacun, ses affinités et ses répulsions, et choisir des couleurs qui s'y accordent. C'est ainsi que le rouge, qui est stimulant – et donc anti-sommeil et excitant du désir – pour la majorité des êtres, peut se révéler calmant pour quelques personnes. Les effets des couleurs, reconnus par le Feng Shui, sont voisins de ceux de la chromothérapie occidentale, à quelques subtilités près. On distingue les couleurs yin et les couleurs yang.

Les couleurs yin

Ce sont le bleu, le vert d'eau, le bleu-vert (bleu turquoise), l'indigo, le violet, le pêche, le saumon, l'orangé très doux. Ces couleurs favorisent la détente, le repos, l'intériorité, voire la contemplation. Elles adoucissent, elles apaisent. Il faut les réserver à la chambre et à la salle de bains.

Le bleu : couleur de l'eau, de la mer, du ciel et de l'âme, il apaise et adoucit, favorise la vie intérieure, l'intuition et l'inconscient. Il incite à la sagesse, incline à l'échange interpersonnel non sur le plan du verbe (la conversation), mais à un niveau non verbal, celui de l'intuition, de l'intériorité, de l'inconscient. Cette couleur est bonne pour le repos, mais elle est un peu trop froide pour une relation amoureuse ; il faut donc la compenser par des touches tièdes ou chaudes – rose, orangé, pêche, jaune – qui ramèneront au concret, au charnel et à l'expression verbale. Par ailleurs, des touches dorées apporteront l'énergie qui manque au bleu. Les différentes touches peuvent être apportées par un abat-jour, un tableau, une tenture, un tapis.

Le vert : couleur du renouveau de la nature, il évoque son abondance, son équilibre, sa douceur. Il incite au renouvellement, à l'expansion, à la générosité, à l'équilibre et à la douceur. C'est également une couleur trop fraîche pour la chambre, sauf à choisir un vert lumineux – plus chaud en soi – ou à ajouter des touches chaudes : du rose ou de l'orangé clair par exemple. De toute façon, évitez le vert pâle trop fade ou le vert foncé trop triste et qui fait sale.

En ce qui concerne le bleu-vert, il associe les effets exposés ci-dessus du bleu et du vert ; il ne peut être admis dans une chambre que compensé par des touches chaudes et du doré. Quant à l'indigo, ton intense de bleu, il porte à l'élévation.

Les couleurs yang

Ce sont le rouge, l'orange, l'ocre, le jaune, le rose. Elles sont très émettrices, expansives et excitantes. Elles relèvent de la matière.

Le rouge : couleur du feu, le rouge provoque une stimulation du système nerveux qui se traduit par une hyperactivité mentale et physique, une hypersensibilité et une hypergénésie, c'est-à-dire une excitation sexuelle ; il peut aussi rendre agressif. Il ne convient pas à une chambre car il s'oppose à la détente et au sommeil. Mais il peut y être introduit, par touches, lorsque cette pièce, lieu de désir aussi, a une ambiance trop yin qui risque d'éteindre ce désir.

Le jaune : couleur de l'or, il stimule l'énergie intellectuelle aussi bien que sexuelle. Il provoque des rencontres, génère des conversations animées et dynamise les échanges sexuels. Il peut être stressant. Contraire au sommeil, il ne s'emploiera jamais seul dans une chambre ; mais on l'utilisera sous forme de touches ou de filets dans une pièce trop yin, pour catalyser subtilement le désir, faire « frémir » les couleurs pâles ou rehausser les couleurs fades. Le jaune doré est le plus tonifiant ; le jaune tibétain, lui, favorise l'élan spirituel.

L'orange, mélange de rouge et de jaune, possède les qualités des deux : il est stimulant, il provoque un appétit de vivre, en particulier un appétit sexuel ; il nourrit la passion physique. Seul, il n'est pas à sa place dans une chambre ; mais dans un décor trop yin, des taches d'orange feront merveille. À noter que l'orange très clair est yin et n'a pas cet effet excitant.

Le rose tient de sa part de rouge une chaleur affective que sa part de blanc tempère en tendresse. C'est la couleur des affaires de cœur, mais sur un registre doux ; il invite à la communication verbale. L'inconvénient, c'est une tendance au sentimentalisme, à la rêverie, voire à la mièvrerie, surtout lorsque s'y ajoutent trop d'éléments yin (dentelles, fleurs, etc.). Ce manque de réalisme, sorte de fuite, empêche l'ouverture et le renouveau.

Et le blanc ?

Le blanc est yang, mais dans l'usage que je recommande dans le chapitre précédent, il n'est en réalité que le support – absorbant et réfléchissant – de la couleur ambiante diffusée par les lampes colorées, les tissus et les objets de décoration, couleur que l'on choisit stimulante ou apaisante selon que l'on veuille s'adonner aux joies de l'amour ou dormir.

D'une façon générale, il faut éviter, dans une chambre, les couleurs brillantes – laquées – car elles sont trop yang et renvoient trop de Chi. Inversement, évitez aussi trop de couleurs pastel qui diluent l'énergie et renforcent les effets négatifs. Ainsi, trop de bleu pastel peut engendrer une incommunicabilité par excès d'intériorisation. Si on les emploie, il faut les compenser par des marques ou même des plages (murs, sol, plafond, tentures) de couleurs plus soutenues. Veillez à bien éclairer les couleurs pour exalter leurs vibrations, raviver les tons et renforcer leurs vertus.

Deuxième partie

Dormir : le sommeil

1. Un voyage extraordinaire

« Avez-vous bien dormi ? », voilà la question rituelle que l'on pose le matin à nos invités ou à nos proches. C'est dire l'importance que l'on accorde spontanément au sommeil. Mais quand on analyse tout ce qui fait l'importance de ce phénomène, on prend plus pleinement conscience que vivre à deux, dans une si étroite proximité, n'est pas banal : c'est un acte d'amour. En tout cas, comprendre comment fonctionne le sommeil permet de mieux le partager avec un partenaire.

La sagesse des Anciens

Toutes les civilisations antiques avaient une très haute idée du sommeil. C'était quelque chose de fantastique et même de sacré. Les Anciens, pour la plupart, croyaient que, pendant qu'ils dormaient, leur âme quittait leur corps pour aller rejoindre les esprits des ancêtres, voire les dieux, et en recevoir les messages. C'est pourquoi ils avaient déifié le sommeil : Seth chez les Égyptiens, Hypnos et Morphée chez les Grecs. Les peuples « primitifs » avaient cette même conception du repos nocturne (Indiens Ojibwas, Aborigènes d'Australie ou Masaïs de Tanzanie). Bref, dans toutes les sociétés préscientifiques, le sommeil était un relais entre l'ici-bas et l'au-delà. En Occident, le sommeil est tombé en disgrâce sous l'effet du christianisme (qui y voyait une marque de paganisme) et du rationalisme scientifique pour lequel il était le règne de l'obscurantisme. Nous y reviendrons à propos des rêves. Mais, paradoxalement, à la fin du XIXe siècle, c'est grâce à des sciences – la physiologie et la psychologie, en particulier la psychanalyse – que le sommeil sera à nouveau considéré comme un phénomène remarquable.

Le cerveau travaille la nuit

On sait maintenant que l'inactivité du dormeur n'est qu'apparente, que le cerveau travaille de nuit comme de jour ainsi que le prouve le degré d'intensité de tous ses paramètres : son débit sanguin, sa consommation d'oxygène, son métabolisme, sa température et son activité électrique, tous se maintiennent à un niveau élevé. On sait aussi que l'imagerie onirique n'est pas un chaos insensé mais le moyen pour le cerveau de se régénérer, pour le psychisme de se restructurer, et pour l'être, s'il le veut, d'approfondir la connaissance de soi et donc d'évoluer.

Hélas, pour la majorité des gens, le sommeil demeure un état auquel ils s'abandonnent passivement sans rien en connaître, une plongée dans un univers qui leur reste étranger et dont ils émergent quasi amnésiques, ne cherchant pas à en savoir plus. Or, c'est un voyage extraordinaire dans un pays certes bizarre – enchanteur ou terrible –, mais un pays où notre corps et nos neurones vont se revivifier, un pays où se révèlent d'autres dimensions de nous-mêmes et du monde : nos facettes diverses, l'agitation de nos profondeurs inconscientes et, au-delà, les mystères de la vie. Aussi, le soir, quand vous vous allongerez auprès de votre aimé(e), sentez bien ce qui vous arrive : autant que d'entrer dans une phase de repos, vous entamez à deux un long et fabuleux périple. Dans les courbes de l'autre, vous embarquez comme dans les flancs d'un navire pour des rives inconnues dont vous reviendrez, si vous savez les explorer, plus riche et plus affirmé.

Pour Pierre Fluchaire, un spécialiste du sommeil, « si l'on veut vivre une vie plus "grande", ce ne peut être en ignorant une heure sur trois de sa vie et en vivant seulement les deux autres heures restantes. Il faut d'abord essayer de savoir, de comprendre ce qui se passe pendant ces heures de prétendu "black out" et puis s'en servir pour vivre plus, pour vivre mieux pendant les heures de l'éveil... On doit souhaiter bonne nuit comme on souhaite un bon voyage[1] ». Avoir la connaissance des événements de la vie nocturne – la nôtre et celle de notre aimé(e) –, c'est être plus conscient de l'importance du dormir à deux. En donnant toute sa valeur à ce qui arrive alors à chacun, on donne toute sa valeur au fait d'accompagner l'autre dans ces moments-là.

1. Pierre Fluchaire, *La Révolution du sommeil*, Robert Laffont, 2001.

2. Les cycles du sommeil

Bien que l'on puisse dormir, seul ou à deux, à toute heure, le sommeil est naturellement soumis au rythme circadien, c'est-à-dire à l'alternance du jour et de la nuit ; il se déroule normalement au cours de la nuit. En cela, le sommeil ne diffère pas de la plupart de nos fonctions qui ont également leur horloge interne réglée sur le rythme circadien.

Le sommeil enregistré

L'étude scientifique du sommeil a commencé avec l'enregistrement de l'activité électrique du cerveau. Dans les cellules cérébrales, comme dans toute cellule vivante, se produisent des alternances de charges électriques positives et de charges négatives. Ces oscillations électriques déterminent des différences de potentiel et donc des courants électriques. Restait à inventer la technique qui permettrait de les capter et de les enregistrer, ce qui fut fait en posant des électrodes sur le cuir chevelu et en les reliant à un appareil de mesure muni d'un stylet. On obtient ainsi un tracé : l'électroencéphalogramme (EEG). L'amplitude, ou voltage, du courant électrique cérébral est faible, de l'ordre du microvolt (le millionième d'un volt). À titre de comparaison : le voltage recueilli par un EEG est mille fois plus petit que celui recueilli par un ECG (électrocardiogramme). Mais, fait étonnant, on s'aperçut que les tracés enregistrés à l'état de veille différaient considérablement de ceux obtenus pendant le sommeil : l'amplitude et la fréquence des ondes électriques étaient bien différentes. Et ce n'était pas la moindre des surprises, comme nous le verrons.

L'état de veille

Observons ce qui se passe chez un sujet qui se couche. À l'état de veille, son attention étant pleine et ses yeux ouverts, on voit sur le tracé des ondes bêta – β – de fréquence très rapide (30 ondes par seconde) et d'amplitude très faible : 40 microvolts (μV). Si, toujours éveillé, le sujet ferme les yeux ou si l'on fait l'obscurité, on voit apparaître des ondes alpha – α –, plus lentes (10 ondes par seconde) et plus amples (60 à 150 μV). Le sujet est toujours bien vigilant mais plus détendu : le fait de fermer les yeux le coupe des sensations visuelles ; or celles-ci représentent 90 % des informations qui sollicitent son cerveau.

Le sommeil profond, dit aussi lent

Progressivement, le sommeil va s'installer et le dormeur va entrer dans un premier cycle qui dure en moyenne 90 minutes (entre 1 h 30 et 2 heures) et qui est fait de plusieurs stades successifs :

• dans un premier stade, dit de l'endormissement, d'une durée de quelques secondes à quelques minutes, le sommeil est léger. Les ondes dites thêta – θ – sont encore plus ralenties (5 par seconde) et leur amplitude plus grande ;

• au stade 2, dit de sommeil léger, d'une durée moyenne de 20 minutes, les ondes dites sigma – Σ – sont plus lentes encore (3 par seconde) mais entrecoupées de fuseaux d'ondes rapides ; leur amplitude est un peu plus grande. Il suffit d'un léger bruit pour réveiller le sujet ; il croit alors n'avoir pas dormi ; c'est ce qu'il prétendrait si on l'avait réveillé pour une raison ou une autre à ce moment-là ;

• au stade 3, dit de sommeil profond, d'une durée de plus ou moins 10 minutes, les ondes dites delta – δ – sont un peu plus lentes encore (0,5 à 3 par seconde) et leur amplitude plus grande (200 à 300 μV). Pour réveiller le dormeur, il faut un bruit fort ; la lumière, elle, n'a plus d'effet sur lui ;

• au stade 4, dit de sommeil très profond, d'une durée de 40 minutes en moyenne, les ondes sont les plus lentes qui soient (0,5 à 1 par seconde) et leur amplitude est élevée (plus de 300 μV). Le sujet est très difficile à réveiller alors même qu'il peut avoir les yeux ouverts. Si vous deviez le forcer à se réveiller à ce moment-là, il se trouverait dans un état de confusion mentale et de désorientation dans l'espace et dans le temps. À ce stade, toute perception par les organes des sens a disparu, sauf la perception auditive qui, bien que diminuée, n'est pas éteinte : l'oreille conserve une certaine vigilance, spécialement pour certains sons, tels le prénom du dormeur ou les gémissements d'un enfant (en ce qui concerne les mères). Disparues également la pensée consciente et l'action volontaire. Et diminués le tonus musculaire et les réflexes neuromusculaires. Quant à nos différentes fonctions, elles réduisent leur allure et leur régime : le cœur ralentit jusqu'à battre entre 40 et 60 pulsations par minute, la tension artérielle s'abaisse jusqu'à 12 voire 10, la respiration décroît jusqu'à 12 à 14 mouvements par minute, la température s'infléchit jusqu'à atteindre 36,5 °C à 4 heures du matin, la digestion continue doucement, les diverses sécrétions externes (salivaire, nasale, lacrymale, gastrique, biliaire, urinaire) et la plupart des sécrétions internes, c'est-à-dire hormonales, se mettent en veilleuse. Par ailleurs, le système sympathique – associé à la veille et à la lutte (il accélère le cœur et fait monter la tension artérielle) – cède le leadership au système parasympathique, plus favorable au repos (il ralentit le cœur et abaisse la tension artérielle), comme en témoigne le resserrement de la pupille. Toutes ces modifications se sont installées progressivement au cours des quatre stades qui viennent de se succéder et que l'on regroupe sous le nom de « sommeil lent ».

Le sommeil paradoxal, dit aussi rapide

Alors survient le stade 5 qui durera 15 à 30 minutes (20 % du sommeil total). Ici, le sommeil semble encore plus profond, mais paradoxalement les ondes électriques, dites oméga – ∫ – s'accélèrent (12 à 14 par seconde), tandis que leur amplitude diminue (40 μV), ce qui les fait ressembler aux ondes de l'état de veille, d'où le nom de « sommeil paradoxal » donné à ce stade : le corps dort mais le cerveau s'agite. En raison de l'accélération du rythme des ondes, on l'appelle aussi « sommeil rapide ». Ici, la profondeur du sommeil est attestée par de nombreux signes : le réveil est très difficile et ne s'obtient que par une stimulation sonore très intense. Le relâchement du tonus musculaire est complet et généralisé (c'est une véritable atonie). Les réflexes sont abolis.

Mais tout cela n'empêche pas, autre paradoxe, l'apparition de diverses activités : tout d'abord surviennent les fameux REM (*Rapid Eyes Movements*), des mouvements rapides des globes oculaires de gauche à droite et réciproquement, de bas en haut et réciproquement. Puis des micromouvements des doigts, ainsi que des ébauches de gestes au niveau des membres, et des esquisses de mimiques au niveau du visage. De leur côté, le cœur et la respiration s'accélèrent – par instants – ou marquent des irrégularités. Quant au cerveau, il entre dans une activité biologique accrue : sa température, son débit sanguin et sa consommation d'oxygène augmentent. Enfin, les organes sexuels sont le siège d'une vasodilatation importante : chez la femme, la congestion gorge de sang le clitoris, la vulve et le vagin qui, par ailleurs, se lubrifie ; chez l'homme, elle produit une érection du pénis. Ces intumescences peuvent durer 30 minutes ; elles existent de l'enfance à la grande vieillesse. À ce stade, les paradoxes concernent aussi le mental qui entre en effervescence et se lance dans la production des rêves ; nous en verrons l'importance (voir De fabuleux bienfaits, p. 164). Sans doute faut-il lier les minigesticulations, les accélérations du cœur et de la respiration, ainsi que la modification des paramètres du cerveau à l'activité onirique.

Après ce stade épique réapparaît une brève séquence de sommeil lent, puis le cycle s'achève et le sujet se réveille. Cet éveil est très court, souvent incomplet (il ne fait pas émerger totalement la conscience) et ne laisse pas de souvenir. Extérieurement, on peut le repérer à ceci que le dormeur se retourne et grince des dents. Bientôt survient un second cycle qui déroulera les mêmes stades. Cinq ou dix cycles se succéderont au cours de la nuit. Notons que, au fur et à mesure que la nuit avance, le sommeil paradoxal occupe de plus en plus de place dans les cycles ; le dernier, celui du matin, aura donc la tranche de sommeil paradoxal la plus importante. C'est pourquoi, quand on se réveille à l'aube, il est plus facile de se souvenir de son dernier rêve : on sort juste de la tranche qui l'a produit. Au cours de la vie, c'est l'inverse qui se passe : au fur et à mesure que nous vieillissons, la part de sommeil paradoxal – et donc de rêve – se réduit. Le sommeil du nouveau-né comprend 60 % de sommeil paradoxal ; celui d'une personne âgée de 60 ans : 10 %.

D'autres techniques

Bien entendu on n'arrête pas la science, si bien qu'à l'électroencéphalogramme se sont ajoutés, en matière de recherche sur le sommeil, de nouveaux moyens d'exploration du cerveau : la thermographie, l'échographie, le scanner, l'IRM, aidés par l'informatique et ses logiciels. En ce qui concerne la biochimie, les analyses du cerveau et du sang montrent qu'à l'état de veille, ce sont les catécholamines (la noradrénaline et la dopamine), substances qui accompagnent la vigilance, qui prédominent. Au contraire, au cours du sommeil profond, c'est la sérotonine, substance qui induit le sommeil, qui l'emporte. Mais, au cours du sommeil paradoxal, les catécholamines reprennent le dessus, comme on pouvait s'y attendre.

3. Les multiples bienfaits du sommeil

Chacun sait que le sommeil a un effet régénérateur sur la totalité de l'être, diminuant tout à la fois la fatigue physique et la fatigue psychique. Ce que l'on sait moins, c'est que les effets bénéfiques, loin d'être simplement le résultat passif du repos nocturne, procèdent au contraire de mécanismes actifs, au niveau du cerveau comme dans l'organisme tout entier. Bien sûr, le repos joue un rôle : l'inactivité, l'immobilité et l'extinction des perceptions (dans l'éveil, chaque cellule nerveuse perçoit des millions d'informations par minute) permettent le relâchement de nos muscles, l'apaisement de certains de nos neurones et le ralentissement de la plupart de nos fonctions. Ces conditions favorisent la restauration des systèmes et des organes.

Une délivrance

Vous êtes-vous déjà demandé pourquoi la position couchée, c'est-à-dire horizontale, était si importante pour les humains que nous sommes ? C'est parce qu'elle nous délivre de notre pire ennemi : la pesanteur. En se dressant sur leurs pattes arrière, passant ainsi de l'état d'australopithèque au statut d'*Homo erectus*, nos ancêtres préhistoriques d'il y a environ 2 millions d'années ont condamné leurs descendants à défier en permanence la pesanteur. Celle-ci ne se relâchant jamais, se tenir debout est une prouesse qui exige un effort de chaque instant : nos muscles, et spécialement ceux qui soutiennent la colonne vertébrale, doivent se tendre sans répit ; nos os, et particulièrement ceux qui constituent ladite colonne (vertèbres et disques compris), doivent porter sans cesse le poids du corps ; notre cœur, à chaque battement, doit, pour propulser le sang vers le haut ou aspirer le sang du bas, s'opposer à la gravité, etc. Or, se coucher, se mettre à l'horizontale, c'est échapper en partie à la pesanteur. Ouf ! Tout est soulagé, allégé, facilité, y compris le fonctionnement du cerveau dont la circulation sanguine est améliorée. Dieu, qu'on est bien !

Une remise à neuf

Ce sont des phénomènes actifs qui, pendant le sommeil, vont régénérer l'organisme. En ce qui concerne la réparation des tissus (chaque jour des millions de cellules meurent d'usure et doivent être remplacées), elle se fait grâce à une hormone, l'hormone de croissance, que l'hypothalamus sécrète en plus grande quantité la nuit. Cette substance préside à la synthèse des protéines dont sont faites les cellules et assure la reconstruction des tissus. Nuit après nuit, les cent mille milliards de cellules dont est constitué notre corps sont entièrement renouvelées tous les sept ans. Il y a longtemps, du reste, qu'on avait remarqué que c'est pendant le sommeil que les plaies se cicatrisent et que les fractures se consolident. D'autres hormones sécrétées elles aussi la nuit participent à ces re-créations. Pour ce qui concerne la rénovation du cerveau et du système nerveux en général, ce même phénomène de régénération cellulaire s'applique aux neurones, mais il faut en ajouter d'autres, comme l'élimination des déchets du métabolisme neuronal ou l'amélioration de la circulation cérébrale, pour ne citer que les plus connus. Mais sans doute d'autres mécanismes encore inconnus interviennent. Quoi qu'il en soit, les résultats sont évidents : atténuation ou disparition de la fatigue psychique et nerveuse, réorganisation du psychisme (rétablissement de la capacité d'attention, consolidation de la mémoire, traitement des informations diurnes, rééquilibration de l'affectivité et de l'humeur, etc.) et régénération du système neurovégétatif. Tout se passe comme si, pendant le sommeil, le cerveau procédait à son auto-entretien – sa maintenance – et à l'autorégulation de ses circuits.

C'est au cours du sommeil lent que la restauration de la fatigue physique et la rénovation des organes se font. Mais c'est plutôt au cours du sommeil paradoxal, domaine des rêves, qu'a lieu la rénovation psychique. Or les rêves, nous le verrons, sont les meilleurs témoins des réajustements du psychisme. Ce sont dans les périodes où le sommeil paradoxal occupe le plus de place que se produit le maximum de transformation cérébrale : le sommeil paradoxal occupe 80 % du sommeil du prématuré, 60 % de celui du nouveau-né à terme, 25 % de celui de l'adulte, 14 % de celui du sujet âgé de plus de 50 ans. Autre preuve de l'importance des rêves pour le psychisme : la EMDR.

L'éternel retour

En plus de tous ces bienfaits, le sommeil en duo, lui, nous offre un fabuleux cadeau : le retour au paradis perdu, c'est-à-dire aux béatitudes de la prime enfance, voire aux délices de la vie fœtale. « De même, écrit Freud, qu'en nous dévêtant chaque soir, nous replongeons notre corps dans un état primitif, de même en nous endormant nous déshabillons notre psychisme, nous le dépouillons de toutes ses acquisitions et nous retournons non seulement à la nudité de notre corps mais aussi à celle de notre esprit, à l'état de nouveau-né[1]. » Et Ferenczi, un autre psychanalyste, de renchérir : « Le sommeil n'est rien d'autre qu'une reproduction réussie de la situation dans l'utérus maternel. Chaque sommeil n'est que le retour périodique à ce stade[2]. » Ce que confirme Schuller, un médecin : « Qu'il soit prématuré ou qu'il ait atteint la

---

1. Sigmund Freud, *L'Interprétation des rêves*, PUF, 1999.
2. Sandor Ferenczi, *Thalassa : Psychanalyse des origines de la vie sexuelle*, Payot, 2002.

La EMDR
(*Eye Movement Desensitization and Reprocessing*)

La EMDR (en français : l'intégration neuroémotionnelle) est une nouvelle psychothérapie pratiquée à Pittsburg. Elle consiste à faire osciller une baguette devant le visage d'un patient en lui demandant de suivre du regard l'instrument ; on voit alors apparaître des mouvements des globes oculaires semblables aux fameux REM (Rapid Eyes Movements) qui, on l'a vu, accompagnent le sommeil paradoxal et les rêves. Tandis que les yeux se mettent à aller de droite à gauche surgissent des souvenirs pénibles liés à un traumatisme psychologique ancien, en même temps que surviennent des troubles analogues à ceux pour lesquels le patient consulte (angoisse, étouffement, palpitations, etc.). Au bout d'un certain temps, ces scènes difficiles disparaissent, ainsi que les troubles associés, pour laisser place à des scènes heureuses et paisibles. Tout se passe comme si les mouvements oculaires permettaient de recontacter les émotions traumatiques primaires et de les remplacer par des images et des effets nouveaux. Cette méthode fort efficace et rapide a été introduite en France par le psychiatre David Servan-Schreiber[1].

maturité, l'homme cherche la nidation au moment du passage au sommeil[2]. »

Il est vrai que le sommeil et ce qui l'entoure reproduisent les conditions physiques et psychiques de la vie fœtale. Le lit constitue une enveloppe sécurisante, les draps et couvertures apportent la chaleur, la nuit offre le silence

1. David Servan-Schreiber, « L'EMR, une nouvelle "turbothérapie" », *Psychologies Magazine*, n°175, mai 1999.

2. Edmond Schuller, *Les Insomnies et le Sommeil*, Robert Laffont, 1976.

et l'obscurité, la position couchée rappelle la non-pesanteur amniotique, d'autant plus si nous sommes nus. Nous retrouvons si bien l'environnement de la vie d'antan, que souvent nous nous recroquevillons comme le fœtus le fait. L'environnement du sommeil restitue également le contexte néonatal – les bras de maman, sa chaleur, etc. – qui lui-même répétait certains bonheurs de la vie fœtale. Si nous sommes parfois nus de corps, nous le sommes aussi d'esprit, libérés de toute obligation de paraître, de prêter attention, de fournir des efforts ; libérés de toute contrainte sociale et de tout tabou ; et libérés du rationnel, libérés même du temps. Ce qui veut dire que notre sensualité, notre pensée et notre imaginaire sont libres jusqu'à l'invraisemblance. Au pied du lit, nous avons posé nos bagages, nos masques, nos boucliers et nos armes. Confiants, nous nous sommes abandonnés à la nuit. Abandonnés aussi à l'aimé(e). Blotti(e) contre nous, celui-ci ou celle-ci se fait tantôt mère, tantôt fœtus. Mère, elle (il) nous prend dans ses bras, nous enveloppe comme matrice, nous enlace de chaleur, nous entoure de moiteur, nous emmitoufle de chuchotements, nous offre l'apaisant tam-tam de son cœur – ô béatitude, ô plénitude, qu'aucun mot ne peut décrire. Fœtus, elle (il) se niche dans nos bras et l'on devient infiniment doux, infiniment attentionné, infiniment généreux. Le sommeil est bien un « éternel retour ». Même la science le confirme : bientôt, au cœur du sommeil, nous entrerons dans le sommeil paradoxal. Or, c'est dans ce sommeil-là qu'est plongé, en quasi-permanence, le fœtus, puis le nouveau-né. Sommeil qui libère du temps et de la raison et qui sème les rêves.

La privation de sommeil

Les bienfaits du sommeil sont prouvés *a contrario* par les conséquences de sa privation. Chacun a pu constater les méfaits des nuits blanches. Des expérimentations sur des volontaires les ont confirmés. Après une première nuit sans sommeil, on peut, malgré la fatigue, faire face aux travaux du jour ; souvent même apparaît une sorte d'ivresse qui porte le sujet. Mais, après deux nuits sans sommeil, on observe une baisse de la tension, une difficulté de concentration et une altération de l'humeur (hypersensibilité, hypersusceptibilité, irascibilité). Si la privation se prolonge, d'autres troubles se manifestent : entre autres un manque de confiance en soi, un déficit de la mémoire, une tendance dépressive. Au bout de plusieurs nuits surviennent des troubles de l'identité qui obligent à interrompre l'expérience.

De ces fâcheuses conséquences du manque de sommeil on peut tirer certaines leçons : il faut respecter le sommeil de l'autre (autant que faire se peut), éviter les discussions sur des sujets délicats et ne pas prendre de décision importante quand l'un ou l'autre a mal dormi. Enfin, il faut aider son conjoint à récupérer (faire la sieste, se coucher plus tôt, etc.).

Au total, un bon sommeil partagé est source d'équilibre psychique et de bonne humeur. Il est aussi gage de bonne santé et de longévité. Autant de bienfaits qui favorisent une vie à deux harmonieuse.

4. Bien s'endormir, bien se réveiller

Il faut « nous préparer le mieux possible afin de permettre au sommeil de faire son apparition. La difficulté de s'endormir atteste que quelque chose ne va pas dans le processus de préparation du sommeil », écrit Peretz Lavie[1], grand spécialiste de la question. Il ajoute qu'il est nécessaire de « se préparer à dormir de telle sorte que la transition de la veille au sommeil soit douce et progressive ». Il est vrai que « l'heure de dormir », ce passage à un état de conscience si différent et si important, cela se prépare. D'une part en évitant tout ce qui peut stimuler le système d'éveil, d'autre part en adoptant ce qui peut le relâcher. Précautions particulièrement précieuses quand le sommeil nous pose problème.

L'endormissement se prépare

« L'heure de dormir » avec l'aimé(e) se prépare également. Se coucher avec elle, avec lui, s'approcher aussi près de lui, d'elle, et peut-être s'unir à elle, à lui, ne peut se faire sans être en bons termes et en accord de vibrations. « On ne peut être tyran à midi et jouer les galants à minuit... Les mots du jour préparent les chants de la nuit[2]. » Nous y reviendrons. Pour bien dormir à deux, il faut savoir bien dormir, aussi verrons-nous d'abord comment se préparer au sommeil. De toute façon, bien dormir est capital pour le couple car, reposés et de bonne humeur, les partenaires s'entendront plus facilement. Certains ont la chance de plonger de façon vertigineuse dans le sommeil, soit que la nature les ait pourvus d'un bon endormissement, soit qu'une « bonne fatigue » les ait écrasés. D'autres, en revanche, peinent à trouver

1. Peretz Lavie, *Le Monde du sommeil*, Odile Jacob, 1998.
2. Gérard Leleu, *Le Traité des caresses*, J'ai lu, 1999.

l'inconscience parce que tel est leur tempérament ou parce que des circonstances les empêchent de s'abandonner à Hypnos : le stress, des soucis d'ordre familial, sentimental ou professionnel, des douleurs, des bruits, etc. Tous faits qui rendent anxieux et nerveux. Notons qu'il existe des gens que les difficultés font dormir, ce qui est une façon de les fuir. À voir la quantité de somnifères consommés actuellement en France, il est évident que le contexte de la vie contemporaine ne favorise pas la détente indispensable à la venue du sommeil.

Éviter ce qui excite

Le jour, nous nous tenons éveillés grâce à l'action d'un « système d'éveil » ; ce système a son siège dans la formation réticulaire du tronc cérébral – la partie qui se situe entre le cerveau et la moelle. Il maintient le cortex en éveil en lui envoyant toutes les informations qui arrivent de l'extérieur après les avoir renforcées. Toute la journée il a été sollicité, voire bombardé, si bien qu'il est en excès de tension ; aussi n'est-il pas étonnant que le soir nous n'arrivions plus à l'éteindre. Notre organisme, notre cerveau en particulier, encore tout imprégné des substances qui accompagnent la vigilance (la noradrénaline et la dopamine) ne peut être réceptif aux substances qui devraient induire le sommeil (la sérotonine, entre autres). Pour se préparer à dormir, il faudra d'abord écarter ce qui entretient l'excès d'éveil. En amont, c'est-à-dire durant le jour, quand on le peut, on choisira le mode de vie le moins agressif possible pour notre système nerveux et notre mental. Et dès le début de la soirée, on prendra la sage décision de ne plus solliciter outrageusement le système d'éveil :

— en éliminant les mets difficiles à digérer (trop gras par exemple) et les repas trop riches, car ils gênent le sommeil. Ce qui revient à exclure les viandes et les poissons gras, les abats, les sauces grasses, en particulier la mayonnaise, etc. ;

— en s'abstenant de consommer des aliments ou des boissons excitants : les fruits et les jus de fruits riches en vitamine C (en particulier kiwi, citron, orange, cerise et autres fruits rouges), le café, le thé, les colas, l'alcool. Sans oublier le tabac car la nicotine est antinarcoleptique ;

— en évitant de travailler le soir, surtout dans la chambre et *a fortiori* dans le lit ;

— en évitant le sport et la gymnastique dans la soirée. Certes, l'absence d'activité physique – la sédentarité – est également une cause de difficultés d'endormissement ; mais la pratique d'une activité musculaire à proximité du coucher peut entraîner une excitation du système sympathique quand c'est l'heure de laisser place au système parasympathique, compagnon de notre repos ;

— en fuyant les émissions de télévision éprouvantes et les musiques stimulantes telles que le rock et la techno, ainsi que les musiques émouvantes comme les compositions romantiques.

User de ce qui détend

Il est bon de consommer au repas du soir des aliments ayant un effet sédatif : c'est le cas des protéines animales (viande, œufs, lait et dérivés laitiers comme les fromages ou les yoghourts). En effet, ces protéines contiennent un acide aminé – le tryptophane – qui est un précurseur de la sérotonine, la substance du sommeil. Bien entendu, on en usera en quantité raisonnable. Il est bon également de prendre un peu de glucides (du pain, du sucre), car ils favorisent aussi le sommeil, en particulier le sommeil paradoxal : ils provoquent la sécrétion d'insuline, laquelle permet le passage du tryptophane dans les cellules nerveuses. N'oublions pas le calcium et le magnésium, qu'on trouve dans les dérivés du lait et dans les légumes : ces deux éléments sont indispensables à l'équilibre nerveux. Quant au verre de

« bon » vin, outre ses vertus anticholestérol et anti-infarctus, il apporte une certaine détente (le contenu d'un verre à pied suffit).

L'infusion prise après le dîner, ou peu de temps avant le coucher, est une heureuse habitude. On utilisera des plantes sédatives : tilleul, passiflore, aubépine, fleur d'oranger, camomille, millepertuis, lavande, houblon (toutes ces plantes sont en vente dans les pharmacies, les parapharmacies et les boutiques bio). Le verre de lait chaud agrémenté d'une cuillérée de miel de tilleul est aussi une bonne habitude transmise par la sagesse populaire et dont la science confirme l'efficacité : le lait apporte tryptophane et calcium ; le miel les glucides ; autant d'éléments dont nous avons vu les effets bienfaisants sur le système qui gouverne le sommeil. La pomme est réputée favorable à l'endormissement. Ses glucides semblent contribuer à la détente. De toute façon, la cellulose qu'elle contient a des vertus anticholestérol.

Écouter de la musique apaisante est aussi un excellent moyen de se préparer à la nuit. J'y reviendrai longuement plus loin (voir p. 87).

Les bienfaits du bâillement

S'il vous prend des envies de bâiller, surtout ne les retenez pas. Pour Noëlle Perez-Christiens, « le bâillement est une thérapeutique puissante et rapide contre les stress de la vie moderne[1] ». C'est une profonde inspiration qui a d'heureux effets : elle apporte l'oxygène au fin fond des poumons, elle lève les crispations installées sur les muscles thoraciques, abdominaux et vertébraux ; enfin, elle active la circulation du liquide céphalo-rachidien et réduit ainsi la pression intracrânienne qui s'exerce sur le cerveau.

1. Noëlle Perez-Christiens, *Le Bâillement*, Chiron, 1980.

D'une façon générale, écoutez et respectez les signaux que vous adressent votre corps et votre cerveau : le bâillement, certes, mais aussi la sensation de fatigue, d'inconfort, les yeux qui piquent, etc. En suivant ces appels, vous prendrez l'habitude de vous coucher à des heures régulières. Ce qui est la meilleure garantie d'un bon endormissement, votre cerveau se calant dans sa propre programmation.

Les rituels du coucher

C'est l'ensemble des gestes que l'on effectue à l'approche du coucher. Avant de pénétrer dans le royaume du sommeil, il faut passer par son antichambre. Et avant de plonger dans l'océan de l'inconscient, il nous faut traverser un sas de décompression. Déjà l'infusion ou la pomme entamaient le rituel. Mais c'est la salle de bains qui joue le grand rôle. Nous nous y débarrassons des marques et des masques du jour en nous déshabillant, en nous démaquillant, en nous brossant les dents, en vidant notre vessie, en nous douchant. De plus, ces soins nous détendent : se démaquiller, par exemple, puis appliquer une crème de nuit, c'est se masser le visage et les mains ; se doucher et se baigner, avec de l'eau tiède, avec des savons au tilleul ou à la lavande, c'est se prodiguer une hydrothérapie bienfaisante.

Le rituel se prolonge par une succession de petits gestes automatiques : clore les volets, fermer les rideaux, préparer la table de chevet – le verre d'eau, le réveil-matin, un livre –, ouvrir les draps, arranger l'oreiller, etc. Certains, avant de se mettre au lit, prient, d'autres méditent ; les uns dans leur chambre, les autres dans leur pièce personnelle (bureau, atelier, etc.). En ces temps de retour à la spiritualité, une étude, menée aux États-Unis, a montré que la prière a un remarquable effet apaisant ; elle a aussi révélé que la tension artérielle de ceux qui prient régulièrement – qui « pratiquent » – est moindre que celle de ceux qui ne le font pas[1]. La méditation est de plus en plus pratiquée sous l'effet de la vogue des religions et des philosophies orientales (yoga, bouddhisme, taoïsme, zen, etc.). Dans ce cadre, elle vise à faire le silence en soi en décantant l'agitation de son esprit. Quelles que soient nos opinions, pratiquer un moment de recueillement est bénéfique et consiste à faire le point des faits du jour et à préciser les objectifs du lendemain, cela de façon simple, sereine et optimiste ; il ne s'agit pas de ressasser ses pensées, mais de les classer puis de les confier à la nuit (qui, nous le verrons, porte conseil) et à l'avenir, où le meilleur peut arriver pour peu que l'on y croie.

La respiration à quatre temps

Si, malgré tout, vous sentez encore en vous quelques tensions et que vous appréhendez de ne pas savoir dormir, vous pouvez utiliser cet exercice :

- **Inspirez profondément par le nez, en gonflant l'abdomen.**
- **Faites une pause, les poumons pleins.**
- **Expirez profondément par la bouche.**
- **Faites une pause les poumons vidés.**

Au bout de quatre ou cinq mouvements, vous vous sentirez déjà moins tendu, tandis que des bâillements irrésistibles vous prendront qui ajouteront à votre détente. Ces heureux effets sont dus au contrôle de la respiration, à la recharge en oxygène du cerveau et à l'élimination du CO_2 stagnant, toutes modifications qui changent l'état de conscience.

1. Étude publiée dans *International Journal of Psychiatry in Medicine* (Duke University), citée dans *Psychologies Magazine*, n° 170.

Voix, musique et sommeil

Écouter de la musique est une agréable façon de se détendre et de se préparer à dormir (musique de la voix ou musique instrumentale). D'une façon générale, les sons ont un impact majeur sur le système nerveux et sur tout l'organisme. Constitués de vibrations énergétiques, ils atteignent non seulement l'oreille – le tympan plus précisément –, mais pénètrent aussi la matière même du corps tout entier où ils se propagent ; les os, tout spécialement, sont de bons conducteurs. On peut dire que le corps « entend ». On appelle « bons sons » ceux dont les vibrations entrent harmonieusement en résonance avec nos organes et nos tissus et les « accordent », en quelque sorte. C'est le cas des sons graves comme le « ôm », qui a un effet apaisant, des émissions des bols tibétains qui déterminent un rééquilibrage des énergies, et de certaines compositions musicales à visée relaxante. Le bol tibétain est utilisé dans certains monastères bouddhistes pour méditer et obtenir un changement d'état de conscience. En dehors de cet usage religieux, il peut être utilisé dans un but thérapeutique, afin de produire du bien-être et de renforcer l'énergie (voir p. 88).

Inversement, les « mauvais sons » sont ceux dont les résonances sont néfastes, déréglant nos systèmes et provoquant tension et stress. C'est le cas de sons trop aigus (une voix de tête, par exemple, énerve), trop forts ou trop rapides (tels ceux de la techno).

Il y a des lustres que les humains se servent instinctivement des pouvoirs de la voix et de la musique. Mais depuis un demi-siècle, des chercheurs ont fait de cette connaissance empirique une science : la musicothérapie. Ayant étudié les effets de la musique sur le psychisme, et de ce fait connaissant mieux ce qui le dynamise et ce qui l'apaise, les musicothérapeutes proposent d'améliorer nos états psychiques difficiles en choisissant des musiques adéquates.

Ils utilisent pour cela soit des œuvres du répertoire classique ou moderne, soit des compositions spécialement écrites dans un but thérapeutique. Vous trouverez en annexe une liste d'œuvres susceptibles de vous apaiser et de vous préparer au sommeil (voir p. 217). Écoutez-les au cours de la soirée ou plus tard, quand vous serez au lit.

Le bol tibétain

Lorsqu'il est frappé, le bol émet des vibrations qui se mettent en phase avec celles de l'utilisateur. En effet, le corps humain, composé de 80 % d'eau, conduit parfaitement les vibrations reçues. Chacune de nos cellules vibre à l'unisson avec les vibrations, notamment les cellules nerveuses. Apparaissent alors des ondes alpha dans le cerveau, correspondant à un état de relaxation.

◆ Comment choisir un bol ? Il faut en essayer plusieurs : prenez-en un dans le creux de la main, frappez-le ou frottez-le, puis approchez-le doucement à 5 cm de vous : d'abord de votre nombril, puis de votre cœur et de votre front, juste au-dessus du nez. Écoutez ce qui se passe en vous : si vous ressentez un apaisement, prenez ce bol ; ses vibrations s'accordent aux vôtres.

◆ Comment l'utiliser ? Agissez de même, en essayant de profiter au mieux de ses effets. Fermez les yeux, concentrez-vous sur vos sensations, prêtez bien attention au son, suivez-le tout au long de sa vie, jusqu'au bout, tout en ressentant la résonance dans votre corps. Le son disparu, restez à l'écoute de ce qui se passe en vous, des vibrations qui se prolongent. Vous pouvez aussi toucher brièvement votre peau avec les bords du bol vibrant. Vous ressentirez alors une sorte de massage par les vibrations et obtiendrez un effet de détente et de bien-être[1]. On trouve ces bols dans les boutiques ésotériques et orientales.

---

1. Eva-Rudy Jansen, *Bols chantants, tingsha, dorje et clochette : tradition et méthode*, Binkey Kok, 1990.

Supposons, par exemple, que vous rentriez chez vous très énervé et que vous décidiez de vous calmer en écoutant de la musique. Voici comment procéder : ne choisissez pas d'emblée une musique relaxante, elle est trop éloignée de votre état et vous n'y serez pas réceptif ou, pire, vous en serez irrité. Il faut, dans un premier temps, rapprocher la musique de votre état ; écoutez d'abord des symphonies exaltantes, du jazz tonique ou du rock. Ce n'est que lorsque vous aurez pris vos distances par rapport à vos problèmes extérieurs que vous pourrez profiter d'une musique apaisante.

Les bienfaits de la voix

La voix humaine peut également être utilisée pour se détendre. Elle est calmante quand elle se situe dans un registre grave et un rythme lent. C'est le cas des chants grégoriens, des chants orthodoxes, des chants des moines tibétains, dont le fameux « ôm » est particulièrement apaisant. Notre propre voix peut avoir sur nous-même des effets tranquillisants : chanter ou faire des vocalises aide à nous recentrer.

Mais il est un moyen plus simple : émettre des voyelles ou des consonnes – a, o, um – sur un registre bas et lentement ; aussitôt des vibrations envahissent agréablement notre palais, puis notre tête, et vont se répandre dans notre thorax et notre ventre ; nous sentons alors que nous nous recentrons et que notre agitation diminue. En particulier quand on émet un « um » prolongé, lèvres fermées, on a l'impression d'un véritable « massage du cerveau » qui nous apaise et nous remet en nous (en outre il calme les migraines).

Enfin, on peut utiliser des sonorités naturelles. Les bruits du cœur, par exemple, ont un effet calmant car ils nous rappellent le tam-tam du cœur maternel lors de la vie intra-utérine ; il existe même un disque au titre explicite : L'univers fœtal, musique de détente à base de sons intra-utérins[1]. On peut aussi écouter les « chants » des dauphins et des baleines, ceux des oiseaux ou des bruits d'eau (la pluie, des cascades, la mer, etc.). Mais je ne connais rien de plus apaisant que le tic-tac du cœur de l'aimé(e) quand on pose son oreille sur sa poitrine.

Apprivoiser le sommeil

Si, une fois couché, vous avez des difficultés à vous endormir, au lieu de vous énerver, apprivoisez donc le sommeil. Pour cela, chassez définitivement cette idée qui vous obsède : « Il faut absolument que je dorme, sinon demain je ne tiendrai pas ! » Cette réflexion contient deux erreurs fatales pour votre repos.

Croire qu'on peut se forcer à dormir

L'effort pour dormir, écrivait Alain, écarte le sommeil. Avant de dormir soi-même, il faut faire dormir ses pensées. Il ajoutait : « Vous qui voulez dormir, ne refusez rien à la pesanteur[2]. » Il est vrai que la peur obsédante de ne pas pouvoir s'endormir et l'acharnement à vouloir dormir à tout prix entraînent une crispation mentale et une agitation physique qui éloignent le sommeil. C'est au contraire le lâcher-prise qui va inviter le sommeil. « Dormir, disait Bergson, c'est se désintéresser[3]. » Pour lâcher prise et vous abandonner, faites confiance à votre cerveau et à la bonne nature : il n'y a aucun doute, le train du sommeil va passer. Un maître zen, à qui l'on demandait le secret de son facile endormissement, répondit : « J'ai confiance, c'est tout. » Aussi, en attendant qu'arrive

1. André Fertier, disque Ellébore.
2. Alain, *Propos sur le bonheur*, Gallimard, « Folio Essai », 1985.
3. Henri Bergson, *La Pensée et le Mouvant*, PUF, 2000.

ce premier cycle du sommeil, commencez par faire de la nuit votre alliée : le silence, le calme, la position allongée, c'est déjà une façon de se reposer, de revenir en soi. Si la crainte de ne pas vous endormir – rendormir – vous prend la nuit au cours d'un réveil, rassurez-vous :

— ces réveils nocturnes entre deux cycles sont normaux, comme nous l'avons déjà vu (voir Les cycles du sommeil p. 70) ;

— fatalement, comme nous venons de le dire, le prochain train va passer.

Si vous ne pouvez pas le forcer à venir plus vite, vous pouvez l'inviter en étant confiant et en vous détendant. Faites donc quelques mouvements respiratoires à quatre temps, buvez un verre d'eau, croquez une pomme, pratiquez quelques exercices de relaxation ou priez.

Croire qu'on se sentira mal le lendemain

C'est faux et c'est contraire au sommeil. C'est faux car, nous l'avons vu, la privation de sommeil ne produit des effets négatifs qu'au bout de plusieurs nuits blanches ; au contraire, le lendemain d'une seule mauvaise nuit, on se trouve souvent dans un état quelque peu euphorique qui facilite les tâches. C'est antisommeil que de penser que demain vous pourriez n'être pas en forme, et ne pas pouvoir faire face à ce qui vous attend : cette pensée vous inquiète, voire vous panique. C'est cette dramatisation qui fait fuir le sommeil. Apaisez-vous donc et vous vous endormirez. Sachez enfin, pour vous rassurer, que même si vous avez l'impression de ne pas dormir et de compter les heures, votre cerveau s'accorde des « micro-sommes » réparateurs, des endormissements de quelques minutes parfaitement visibles sur un EEG. Et puis vous pourrez peut-être vous rattraper par un petit somme dans le train ou dans l'avion du matin, ou après déjeuner par la grâce d'une sieste, même brève. De toute façon, votre cerveau est assez intelligent pour récupérer son manque la nuit qui suit ou celle d'après. Alors adoptez une attitude d'abandon, ne scrutez pas la pendule ou l'affichage de votre réveil, dont les chiffres vous angoissent. Si, classiquement, on conseille de compter des moutons, c'est pour soustraire votre mental à l'obsession et à l'anxiété, le mettre dans une disposition de passivité.

Vous voilà prêt à vous endormir, à passer une bonne nuit. Mais vous n'êtes pas seul, vous dormez avec votre aimé(e). Est-ce que cela change quelque chose ? Pour les uns, la présence de l'autre dans le lit favorise le sommeil ; pour d'autres, cette présence est gênante et nécessite quelques ajustements – nous y reviendrons dans la troisième partie. De toute façon, ce qui est bon pour le sommeil en général – les conseils précédents – reste valable pour le sommeil en duo.

En finir avec l'insomnie

Si ce qui vient d'être développé ne suffisait pas à vous assurer un bon sommeil, vous pourriez recourir à des moyens plus puissants, le but étant toujours de vous détendre, c'est-à-dire de diminuer le niveau d'éveil de votre cerveau. Les uns font appel à des substances à absorber, les autres à des techniques à effet psychique.

Les médecines douces

Parmi les substances utilisées, les moins nocives sont celles extraites de plantes, dans le cadre de la phytothérapie. On y trouve : le tilleul, la passiflore, l'aubépine, la valériane, la verveine, la camomille, la fleur d'oranger, l'eschscholzia (ou pavot de Californie), le muguet, le millepertuis, le lotier, la balotte, la capucine, la lavande, la marjolaine, l'anis vert et l'anis étoilé, la laitue, le houblon (d'où l'effet de somnolence des bières riches en houblon). Toutefois, je déconseille la valériane et la laitue chez l'homme en raison de leurs effets anti-érection. Ces plantes s'administrent seules ou associées à trois ou quatre. Utilisez-les en tisanes, en gélules (un centigramme de poudre lyophilisée par plante), en huiles essentielles, en bains (tilleul, passiflore, verveine), en compresses appliquées sur le front (*idem*), en diffusion dans un diffuseur en céramique. Toutes ces plantes sont vendues en pharmacie, en parapharmacie ou dans les boutiques bio. Certains oligo-éléments vendus en pharmacie sans ordonnance (comme le lithium, le magnésium, le manganèse-cobalt) en oligosols ou en comprimés ont également un effet rééquilibrant sur le système nerveux. Toujours en médecine douce, parmi les remèdes homéopathiques, un fin praticien trouvera ceux qui correspondent à votre terrain.

Les somnifères

Plusieurs degrés au-dessus, on trouve les somnifères de synthèse dont, avec les tranquillisants, la France, le pays de la douceur de vivre, détient le record mondial de consommation par habitant. On distingue deux catégories principales : les barbituriques et les benzodiazépines. Les barbituriques sont à rejeter formellement :

— leur effet sédatif se prolonge pendant la journée ;
— ils peuvent déclencher des crises d'urticaire ;
— ils sont toxiques pour le sang.

On les repère à la terminaison en « al » de leur nom chimique (barbital, etc.), nom que portent leurs équivalents génériques.

Les benzodiazépines sont actuellement les plus prescrits ; on les identifie à la terminaison de leur nom chimique en « pan » ou « lan ». Leurs avantages : ils sont anxiolytiques, myorelaxants et leur toxicité vitale est faible (il en faut une grande quantité pour provoquer la mort). Leurs inconvénients : ils diminuent la durée des phases de sommeil lent et de sommeil paradoxal, ce qui en réduit les bienfaits ; ils dépriment la respiration, ce qui est mauvais chez l'insuffisant cardiaque ou respiratoire ;

ils empêchent la mémorisation des événements qui se déroulent après leur prise ; le lendemain, ils laissent des effets persistants : somnolence, confusion mentale, diminution des réflexes, déficit de mémoire, ce qui entraîne des accidents de la circulation ou du travail et perturbe les fonctions intellectuelles ; ils affectent également l'humeur. Si le patient absorbe de l'alcool, tous les effets négatifs des benzodiazépines sont multipliés. À la longue se crée une véritable dépendance qui rend le sevrage pénible : insomnie de rebond, rêves terrifiants, anxiété s'abattent sur le sevré. Ces médicaments doivent être utilisés sous la surveillance stricte d'un médecin.

Les techniques à effet psychique

Il en existe de nombreuses. Leur but est de réduire l'excitation cérébrale et de détourner notre attention des pensées qui nous préoccupent. Elles peuvent s'acquérir assez facilement et assez rapidement, tout en exigeant un minimum d'apprentissage et de discipline. Citons le yoga, la relaxation, la sophrologie, le massage relaxant et l'hypnose (voir Adresses utiles p. 221).

• Les méthodes de relaxation sont nombreuses. La plus efficace est le « Training autogène » de Shulz : les exercices qu'elle propose, en position assise ou allongée, sont particulièrement adaptés à l'endormissement.

• La sophrologie, comme la relaxation, est fondée sur la concentration sur les sensations et la détente musculaire. Mais elle va plus loin : la baisse du niveau de vigilance qu'elle entraîne atteint la limite du sommeil. De plus, en y ajoutant l'autosuggestion et la visualisation d'images, elle peut amender certaines altérations psychiques et les troubles psychosomatiques qui en résultent. Elle peut, par exemple, dénouer un nœud à la gorge, soulager une dépression, guérir une impuissance, délivrer d'une phobie. Plus qu'une méthode de relaxation, la sophrologie peut être une véritable psychothérapie.

• L'acupuncture donne d'excellents résultats : l'insomnie étant due à un excès de yang (force qui représente la lumière, le soleil, l'activité, l'éveil, l'extériorité) sur le yin (force qui concerne l'obscurité, la lune, l'immobilité, l'intériorité), le rôle du thérapeute consiste à rééquilibrer les deux forces : diminuer le yang et accroître le yin. On peut, chez soi, user d'une forme dérivée d'acupuncture : la digitopuncture. On masse soi-même – ou on demande l'aide du conjoint(e) – du bout des doigts certains points précis. Par exemple : au niveau de la main, l'angle que forment la base du pouce et la base de l'index ; au niveau des pieds, l'angle que forment la base du gros orteil et celle du deuxième orteil.

• Il faut enfin savoir que, dans nombre de stations thermales spécialisées, on offre des cures de rééducation du sommeil. L'eau, que ce soit sous forme de douches de diverses sortes ou de bains en baignoire ou en piscine, a des vertus apaisantes, anxiolytiques, décontracturantes. De plus, des spécialistes étudient vos habitudes, votre sommeil (vous aidant à repérer vos rythmes et vos besoins) et vous apprennent des techniques de relaxation. Certaines stations offrent même l'aide d'un psychothérapeute qui peut apporter un éclairage nouveau sur vos problèmes, dénouer des angoisses, désamorcer des conflits internes, déceler des blocages profonds. Sans oublier le rôle que peut jouer le magnésium contenu dans certaines eaux et la « remise en forme » comprise dans la cure (voir Adresses utiles p. 221).

Les causes de l'insomnie

Le plus souvent, l'insomnie n'est que la conséquence d'un fait antérieur déterminant. Il est donc logique d'agir avant tout sur cette cause. Celle-ci peut être extérieure : un bruit par exemple (circulation routière, machine, etc.). Dans ce cas, il faut réduire la perception de ce bruit (insonoriser la chambre, la déplacer, etc., voire déménager lorsque cela est possible). Parfois, c'est le partenaire avec qui l'on partage la chambre qui est la raison des perturbations du sommeil ; nous y reviendrons dans la troisième partie. La cause peut être aussi intérieure : toute la pathologie organique ou psychique serait à énumérer. Citons les douleurs liées par exemple aux rhumatismes et aux névralgies, les troubles respiratoires (essoufflement, toux) liés aux maladies broncho-pulmonaires ou cardiaques, les troubles digestifs (brûlures, reflux acides) liés aux maladies gastro- intestinales, les mictions nocturnes dues aux maladies urinaires, l'angoisse et la dépression liées aux stress, aux soucis, aux névroses et aux psychoses.

Certains médicaments peuvent entraîner des insomnies : les corticoïdes, les anorexigènes, les hormones thyroïdiennes, etc. À chaque cas, il faut administrer le traitement correspondant ; alors les perturbations du sommeil qui en résultent seront annulées ou même disparaîtront. Dans le cas particulier – et très fréquent – où ce sont des troubles névrotiques, installés dans l'enfance et réactualisés par les aléas de la vie, qui gênent le sommeil, il ne faut pas hésiter à entreprendre une psychothérapie. Elle peut permettre de déceler l'origine archaïque des blessures et des conflits intrapsychiques, de dénouer les blocages et d'apaiser les tensions. Quant aux méthodes, vous avez l'embarras du choix, depuis les diverses formes de psychanalyse jusqu'aux nouvelles thérapies psycho-corporelles, en passant par le comportementalisme, l'analyse transactionnelle, la Gestalt-thérapie, la programmation neurolinguistique (PNL), la psycho-généalogie, etc. Vous trouverez des informations pour vous aider à faire votre choix dans un numéro spécial de *Psychologies Magazine* ainsi que sur le site Internet de ce mensuel (voir Bibliographie p. 219 et Sites Internet p. 223).

Et les centres de sommeil ?

Nombre de villes universitaires ont un centre d'étude du sommeil (voir Adresses utiles p. 221 et Sites Internet p. 223). Il existe une trentaine de centres agréés à Paris et en province (Montpellier, Marseille, Toulouse, Bordeaux, Lyon, Strasbourg, Tours, Poitiers, etc.). On les consultera, sur recommandation du médecin traitant, en cas d'insomnie totalement rebelle aux diverses méthodes. Ou bien en cas de pathologies liées au sommeil : apnée du sommeil, somnambulisme chez l'adulte, violences nocturnes incontrôlées (voir p. 140, 177-178). Ces centres pratiquent, entre autres, le traitement des sommeils décalés (cas de personnes ne pouvant s'endormir avant 2 heures, voire 8 heures du matin), soit grâce à la chronothérapie (rééducation des horaires), soit grâce à la photothérapie (administration de lumière intense provoquant la sécrétion de mélatonine, une des substances cérébrales impliquées dans le sommeil).

Merveilleux réveil

Entre le réveil et le lever s'écoule un temps particulièrement agréable et extrêmement important. Ceux qui se lèvent au son du clairon ou quand sonnent les matines passent à côté de ces moments merveilleux. Comme l'était l'endormissement, cet état entre-deux, cet engourdissement, à mi-chemin entre sommeil et vigilance est très voluptueux. C'est la peau, ici encore, qui nous offre le meilleur du bien-être et du bonheur ressenti. Outre cette volupté, il y a en ces instants l'exaltation de la renaissance à la vie : c'est, en dehors de nous, le retour de la lumière ; c'est, en dedans de nous, la réapparition de la conscience ; c'est, dehors et dedans, l'ouverture d'un temps nouveau. Lorsqu'on dort à deux, la volupté de l'émergence à l'éveil est majorée par la présence de l'aimé(e). Retrouver au réveil le contact de l'autre, sa peau, ses bras, sa chaleur, son odeur, sa tendresse est un des plus grands bonheurs de cette vie. Alors, il ne faut pas s'arracher à cette transition, il faut en jouir et il faut se préparer au jour à venir. Prenez garde de ne pas brutaliser vos sens par des illuminations ou des sons soudains et violents. N'oubliez pas que vous devez repasser, chaque matin, de l'état fœtal à l'état d'adulte actif. Il est donc préférable de se réveiller spontanément et de laisser le temps à votre esprit de revenir à sa place.

Pour que tout se passe bien, je vous suggère le rituel suivant :

— restez allongé au moins un quart d'heure après le réveil ;

— laissez les yeux fermés quelque temps ;

— prenez votre aimé(e) dans vos bras ;

— repensez succinctement à vos rêves ;

— introduisez doucement la lumière. Si vous n'avez pas de système progressif électronique, commencez par allumer une lumière douce ;

— bâillez tout votre saoul : comme nous l'avons vu précédemment, le bâillement constitue un apport d'oxygène et il contribue à réaligner la colonne vertébrale ;

— étirez-vous pour remettre votre musculature et votre squelette en place et mobiliser les énergies ;

— buvez un verre d'eau, assis dans votre lit. Cette eau va réveiller votre tube digestif, relancer votre circulation, amorcer vos reins ;

— asseyez-vous sur le rebord du lit et massez-vous la plante des pieds en tirant sur les orteils et massez-vous les doigts en étirant leur extrémité ;

— passez à la salle de bains : prenez une douche tiède suivie d'une rapide pulvérisation froide (à éviter pour les femmes enceintes). Ne prenez pas de bain, il ramollit. Certains préfèrent prendre le petit déjeuner avant.

Que ce jour vous soit heureux !

Bien se réveiller

La façon de se réveiller conditionne notre état de toute la journée. Des observations menées à Boston confirment les effets du réveil sur la conscience, l'humeur et la forme physique et intellectuelle[1]. Si le réveil est bon, le sujet est bien lucide, de bonne humeur, optimiste, serein et en pleine forme physique. Si le réveil est mauvais, le sujet est confus, voire hagard, de mauvaise humeur, pessimiste, irritable et fatigué : il s'est levé du pied gauche. Un réveil spontané est le plus souvent de bonne qualité. Quand il est provoqué, que ce soit par un bruit (par exemple la sonnerie d'un réveille-matin) ou une manœuvre extérieure (par exemple votre conjoint qui vous secoue), il est trop souvent mauvais. Le réveil spontané se situe à la fin d'un cycle complet, lorsque le cerveau est calme et prêt pour l'éveil. Le réveil provoqué tombe en plein cycle (cycle de sommeil lent ou cycle de sommeil paradoxal) et le casse. Cette interruption constitue un véritable traumatisme cérébral. Voyez dans quel état vous êtes quand ça vous arrive : comme « abruti », désorienté dans l'espace et dans le temps et incapable de prendre contact avec la réalité. Votre mémoire est éclipsée, votre volonté amollie, votre corps gauche, votre équilibre instable, vos sens émoussés, bref : votre réveil est imparfait. Même spontané, le réveil constituerait un véritable stress que la nature préviendrait en sécrétant des hormones qui nous prépareraient à faire face au choc. Tout réveil intempestif nous prive de cette préparation et nous verse dans l'humeur noire.

Il faut donc éviter d'être réveillé brutalement en plein cycle par une sonnerie ou par les secousses d'un tiers. S'il faut vous réveiller pendant que vous dormez, que ce soit en douceur : remplaçons le réveille-matin par un

---

1. Étude citée par Yaëlle Raepsaet dans *Retrouver le sommeil, Santé-rama*, hors-série n° 22.

radio-réveil qui dispense une musique douce et progressive. Quant à votre conjoint(e), qu'il use de chuchotements, de baisers et de caresses ; s'il s'aperçoit que vous ne réagissez pas ou que vos réactions sont pénibles, signe que vous êtes en plein cycle lent ou paradoxal, alors qu'il attende un peu que vous en soyez sorti. La fin du sommeil paradoxal se repère à ceci : les yeux du dormeur cessent leur va-et-vient sous les paupières, ses mimiques s'arrêtent, il soupire et se retourne. Vous pouvez aussi vous organiser pour vous réveiller toujours spontanément en fin de cycle. Sachant qu'un cycle dure en moyenne 1 h 30, on peut établir la durée de son sommeil à un multiple de 1 h 30, soit environ 7 h 30, et programmer un réveil en douceur après 7 h 30 de sommeil. De toute façon, si, le matin, on se réveille naturellement et qu'il ne reste pas 1 h 30 devant soi, il vaut mieux ne pas se rendormir pour éviter de casser le prochain cycle.

Troisième partie

Dormir ensemble

1. Apprivoiser l'intimité

Si, le plus souvent, les amoureux se lancent à corps perdu dans le lit commun où ils se nichent avec volupté, voire avec frénésie dans les bras de l'aimé, certains éprouvent quelques difficultés à ouvrir leur intimité à leur partenaire et à entrer dans la sienne. D'autres encore, passée la phase de l'état de grâce des débuts où l'amour et le désir l'emportaient sur leur réserve, voient ces réticences resurgir. Il arrive enfin que les partenaires changent (de mentalité, de morphologie, etc.) et que ces changements rendent plus difficile le partage de l'intimité.

Histoire de bulles

L'espace dans lequel évolue un couple se répartit en plusieurs cercles concentriques où, du plus extérieur jusqu'au centre, l'intimité va croissant : on passe ainsi de l'habitation à la chambre puis au lit et enfin à la « bulle commune ». Cette bulle commune est la réunion (la fusion) des deux bulles individuelles. J'ai utilisé l'expression « bulle individuelle », dans un précédent ouvrage[1], pour désigner l'espace qui nous entoure depuis la surface de notre peau jusqu'à 40 cm de celle-ci. C'est un espace strictement personnel, interdit aux tiers. Il en va de notre pudeur, voire de notre sécurité. Tout franchissement de cette bulle constitue une menace potentielle et engendre une peur et donc une attitude de défense. Seuls y sont admis ceux qui nous veulent du bien : nos aimants, nos parents, nos enfants et nos ami(e)s ; et également les professionnels de la santé et de la beauté (médecins, esthéticiennes, etc.). Née de la fusion des deux bulles individuelles, la bulle commune

1. Gérard Leleu, *L'Intimité et le Couple*, J'ai lu, 2002.

est le Saint des Saints de l'intimité. Elle est le lieu de tous les bonheurs affectifs et sensuels : c'est une bulle d'amour. Hélas, certains redoutent cette étroite proximité et n'y sont pas à l'aise. Voyons les raisons de leurs appréhensions, puis aidons-les à les dépasser afin qu'ils soient eux aussi dans la bulle commune comme un poisson dans l'eau.

La peur de l'intimité

Souvent, la peur de l'intimité est liée à la crainte de se donner, de se livrer, nu de corps et d'âme. Donner son corps, c'est en montrer les imperfections et les faiblesses. Pour la femme, trop souvent jugée et qui se juge sur les apparences de ses formes, il est difficile de révéler ses imperfections. Pour l'homme, qui se croit jaugé et se jauge à l'aune de sa puissance musculaire et sexuelle, il est périlleux d'exhiber ses faiblesses. Livrer son âme n'est guère moins dangereux : c'est montrer ses insuffisances, ses défaillances, ses défauts, ses angoisses, ses peurs, sa fragilité, sa lâcheté, etc. Dans l'intimité, on ne peut pas les cacher longtemps.

La peur d'être découvert

La peur de l'intimité procède de la peur d'être découvert dans sa réalité. Ce que redoute plus particulièrement l'homme, qui croit devoir donner l'image d'un être viril, c'est-à-dire, selon les impératifs de la civilisation patriarcale, celle d'un être dépourvu de sensibilité, de sensualité et d'émotivité, ou sachant les maîtriser totalement. Bref, il se doit d'être ou de paraître un « dur ». C'est que le mâle, dans cette société, est fait pour dominer les événements, les ennemis et la femme. Toute situation susceptible de le montrer sensible, sensuel, ému, le rendrait vulnérable et affaiblirait son pouvoir. Or, s'il est une situation qui le fragilise, c'est bien l'intimité.

La peur d'être abandonné

À y regarder de plus près, cette peur de se donner relève, chez tous les êtres mais particulièrement chez l'homme, d'une cause plus profonde encore que celle de perdre le pouvoir : la peur d'être abandonné. « Si je démasque mes côtés négatifs, je serai mal jugé, on ne m'aimera plus et on me quittera. » Tout se passe comme si, chez l'homme, le don impliquait l'abandon. Cette peur de l'abandon, du reste, conditionne toute sa vie affective. Elle est une perpétuation de la peur (voire de la terreur) de l'enfant qu'il fut d'être abandonné par sa mère, et spécialement au profit du père.

La peur de la tendresse

La peur de l'intimité peut procéder également de la peur de la tendresse. En effet la tendresse, qui se révèle tout naturellement dans la proximité des êtres, est interdite à l'homme dans la civilisation patriarcale ; elle conduirait à la mollesse, le fragiliserait et le détournerait de ses rôles. De plus, cette émotion, l'homme l'a connue avec une femme, sa mère, pour qui il lui était interdit d'éprouver tout désir et avec qui *a fortiori* il lui était impossible de faire l'amour. Il a donc appris à opposer la tendresse et le sexe et dès lors distingue deux catégories de femmes : celles qui sont dans la tendresse, à l'instar de la mère et qu'on respecte (les « madones ») et celles qui sont dans le désir et le plaisir et avec qui on fait l'amour (les « putains »). Aussi, dans les bras d'une tendre femme est-il mal à l'aise : tendre, elle est mère et donc « intouchable » ; et en plus, il lui faudrait, lui, être l'enfant ! Mais être enfant lui est interdit…

Une autre peur, engendrée par l'intimité, est la peur de disparaître étouffé ou absorbé dans les bras, les émotions ou la personnalité de l'autre, particulièrement si cet autre aime d'un amour fusionnel. Bien d'autres peurs sont liées à l'intimité, spécialement chez l'homme, ici encore : la peur de l'amour (s'attacher, devenir dépendant, perdre la maîtrise de son destin...), la peur de la riche sexualité de la femme (être incapable de la satisfaire, être épuisé...), la peur du sexe féminin (lieu mystérieux, lieu magique, lieu dangereux où l'on risque blessure ou engloutissement... ; voir mes précédents ouvrages, Bibliographie p. 219).

Apprivoiser l'intimité

Pour partager agréablement le lit avec son conjoint, sa conjointe, et entrer avec entrain dans l'intimité, il faudra se débarrasser de toutes ses peurs. La peur de se donner, de se livrer, parce que se donner révèle ses faiblesses et ses déficiences, sera atténuée, voire éradiquée, en fortifiant sa personnalité par un travail sur soi avec l'aide d'un psychothérapeute (en consultation ou au cours de stages de développement personnel ; voir Adresses utiles p. 221). Ce travail consiste à se connaître soi-même (le « Connais-toi toi-même » de Socrate est une prescription éternellement juste) : connaître et accepter sa part d'ombre aussi bien que sa part de lumière, connaître et panser les blessures d'enfance qui nous font retomber dans les mêmes souffrances et les mêmes échecs. Se connaître, assumer tous les aspects de sa personne, y compris les aspects négatifs, permet d'acquérir une confiance en soi qui aide à devenir authentique sans craindre d'être jugé et abandonné.

En ce qui concerne la peur qu'a l'homme de montrer sa sensibilité et sa sensualité parce qu'elles le rendraient fragile, elle n'est plus fondée : nous sommes sortis de la civilisation patriarcale qui était centrée sur la domination masculine ; nous entrons dans une nouvelle civilisation où le pouvoir se partage entre la femme et l'homme, où les femmes souhaitent que les hommes se délivrent des tabous qui les amputent de leur part sensible (leur *anima*), comme elles-mêmes se sont libérées des interdits qui décapitaient leur part active et créatrice (leur *animus*), et où les uns et les autres quittent les rôles imposés pour devenir authentiques ; cet homme nouveau et cette femme nouvelle feront de l'intimité leur rendez-vous le plus vrai.

Dépasser la peur d'être abandonné

Quant à la peur d'être abandonné, c'est aussi par un travail sur soi que l'on peut s'en défaire. Ce travail vise à passer de l'immaturité affective, qui est une séquelle de l'enfance, à une maturité qui devrait être le propre de l'adulte accompli. L'immaturité place le sujet dans un besoin incoercible d'être aimé par un tiers et en fait un quémandeur insatiable d'amour, un inquiet obsédé par l'idée de perdre cet amour, bref un compagnon (ou une compagne) parfois pénible qui cherche à se faire aimer plus qu'à aimer. Le progrès à faire consiste à s'aimer soi-même, à trouver en soi l'amour de soi (et l'amour en général) ; alors le sujet, confiant en soi, ne demandera plus à son partenaire de l'aimer à sa place et ne vivra plus dans la crainte de le perdre.

Le progrès consiste également à sortir de la confusion entre les situations infantiles et les situations présentes, et à ne plus se comporter comme l'enfant que l'on était et qui paniquait quand sa mère s'absentait car sa vie, croyait-il, était en jeu ; adultes, nous savons bien que, même délaissés, notre vie ne serait pas réellement menacée. Autrement dit, on ne doit plus utiliser les disquettes du microcosme de son enfance pour mener sa vie dans le macrocosme de l'adulte.

Surmonter la peur de disparaître

Voyons maintenant comment contrer la peur de disparaître (étouffé ou dévoré) au cours de l'intime rapprochement. Pour y arriver, il faut que chaque membre du couple acquière une certaine autonomie. En matière d'intimité, il faut distinguer l'intimité commune et l'intimité personnelle.

L'intimité commune comprend tout ce que l'on vit de concert avec son partenaire, en particulier toutes les activités que l'on réalise ensemble, qu'elles soient domestiques, sexuelles, artistiques, professionnelles. Ces véritables cocréations, de même que les projets élaborés à deux, contribuent à unir le couple en lui donnant un but et un sens. Cependant, l'intimité commune a des limites : si les partenaires en arrivent à vivre dans un état de fusion absolue et permanente, la personnalité de chacun finira par ressembler à celle de l'autre ; ce nivellement aboutira à stériliser la relation car, sans différence de niveau, les énergies ne circulent plus et les échanges s'épuisent. En outre, l'un des partenaires, sinon les deux, aura l'impression de ne plus exister, d'être submergé ou dissous. C'est pourquoi il est vital qu'il y ait, à côté de l'intimité commune, une intimité personnelle où chaque partenaire, autonome, préserve et développe sa spécificité. Il s'agit pour chacun de poursuivre ses propres recherches tant au niveau professionnel que sur les plans artistique, social, psychologique et spirituel et d'aller vers son propre accomplissement.

L'intimité personnelle

Elle n'est possible que si chacun peut disposer d'un espace à lui. C'est pourquoi la maison doit comprendre, outre les parties communes où se vivent les activités communes (domestiques, familiales et créatrices), un espace personnel où chacun peut se recentrer sur lui, mener son propre développement, réfléchir, exercer ses talents, lire, écrire, méditer, prier. Harmonieux est le couple qui réussit à concilier intimité personnelle et intimité privée. Riches sont les partenaires d'un tel couple car ils s'apportent beaucoup l'un à l'autre. De même que l'on a distingué espace commun et espace personnel, on peut discerner un temps commun et un temps personnel. Ce temps commun, c'est le temps que l'on passe ensemble dans la vie quotidienne : dans les travaux domestiques, dans les cocréations et dans les loisirs ; et, par-dessus tout, dans l'intimité de la bulle d'amour. Quant au temps personnel, c'est le temps que l'on accorde non seulement à ses activités propres mais aussi à son épanouissement personnel.

Dans la bulle commune ou bulle d'amour se rejoignent l'intimité commune et l'intimité personnelle. C'est le lieu (et le temps) de la fusion. Car si une fusion absolue et permanente n'est pas souhaitable, des séquences de fusion constituent, elles, les moments les plus heureux et les plus fervents de la vie d'un couple. Les bonheurs de la bulle d'amour sont des moments de fusion heureuse au même titre que le partage de la magie d'un concert, des splendeurs d'un coucher de soleil ou de l'euphorie d'un repas délicieux, mais plus denses, plus tangibles.

La peur de la tendresse

Il est une dernière peur, pour en finir avec les plus fréquentes. C'est la peur de la tendresse, qui frappe plus particulièrement les hommes. Ils s'en délivreront d'une part, en sachant qu'être tendre ce n'est pas être mou, c'est être un homme complet, riche de ses deux pôles : le sensible, dit part féminine, et l'actif, dit part masculine ; d'autre part, en sachant qu'une femme tendre, voire maternelle, n'en est pas moins une femme à part entière, amoureuse, désirante, jouissante. Qu'ils se débarrassent de la dialectique « madone/putain », cette façon de classer les femmes en catégories : celles qui sont tendres comme la mère et donc interdites de sexualité, et celles qui sont juste des objets sexuels. La jouissance fait de la femme une déesse, non une esclave. L'érotisme relève du sacré, non du stupre.

Autres gênes pour l'intimité

Les imperfections morphologiques

Les déformations de l'aspect physique peuvent perturber l'intimité. Soit qu'elles gênent le partenaire, qui répugne alors à s'approcher, soit qu'elles gênent le porteur de la déformation qui redoute la proximité. C'est encore plus vrai lorsque les altérations n'existaient pas au départ et qu'elles sont survenues après la rencontre. Ce peut être une obésité, une maladie de peau, l'ablation d'un sein, l'amputation d'un membre, une défiguration accidentelle ou le vieillissement et son cortège de rides et autres dégâts. Si vous voulez que votre partenaire vous accepte, commencez par vous accepter vous-même. S'assumer tel que l'on est constitue un grand progrès de conscience. Mais ne vous focalisez pas sur cette apparence : ayez foi en vous, en vous centrant sur ce que vous appréciez en vous, sur vos qualités, et ne pensez qu'à ça. Ce qu'il faut, c'est entrer dans l'intimité en s'aimant soi-même. C'est comme cela que vous aiderez votre partenaire à dépasser sa réserve, voire sa répulsion. Puis, au cours de l'intimité, exprimez pleinement vos talents amoureux et voluptueux, déployez votre tendresse, votre générosité, votre sensualité. Et soyez pleinement vous-même. C'est votre optimisme, votre esprit, votre ouverture, votre cœur, votre culture, bref votre personne qui captivera votre aimé.

Si vous êtes le partenaire que rebute une disgrâce, n'ayez d'yeux que pour ce qui est toujours agréable et attachant en l'autre. Et surtout, saisissez la chance qui vous est donnée de passer à un autre niveau d'amour : un amour qui ne s'arrête pas à la seule apparence, un amour plus profond, plus large, plus élevé.

Les odeurs gênantes

Une odeur corporelle désagréable peut dissuader de s'approcher de trop près de son partenaire. Il s'agit le plus souvent d'une odeur apparue récemment, car si les êtres s'étaient réunis, c'est qu'à l'origine leurs fragrances personnelles leur avaient convenu ou même qu'elles étaient partie prenante de leur attirance réciproque. Quelle qu'en soit l'origine, si votre odeur gêne votre partenaire, douchez-vous régulièrement, parfumez-vous avec des essences naturelles, changez fréquemment de vêtements et buvez beaucoup d'eau pour accroître l'élimination par les urines des déchets malodorants.

Les aliments à éviter

Divers aliments peuvent être la cause d'effluves désagréables : certains légumes (poireaux, ail, échalotes, oignons, etc.) et certaines viandes fortes (le gibier, les abats, en particulier les rognons). Il suffit de les éviter. Certains médicaments peuvent également modifier l'odeur de la peau. Le cas échéant, parlez-en à votre médecin afin qu'il puisse changer votre traitement.

La mauvaise haleine peut aussi rebuter. Si vous avez le moindre doute, n'hésitez pas à demander à votre partenaire ce qu'il en est. Si la réponse confirme vos craintes, commencez par vous préoccuper de votre dentition : améliorez le brossage de vos dents et consultez votre dentiste. Sachez aussi qu'une mauvaise digestion peut perturber l'haleine et donner aux muqueuses buccales une certaine amertume : c'est le cas de la gastrite, des troubles biliaires, des fermentations intestinales, de la constipation, etc. Sachez encore que les aliments et les médicaments qui empestaient votre peau pourraient aussi empuantir votre bec.

Sachez enfin que tout ce qui dessèche la bouche la rend fétide : ce dessèchement est un effet secondaire de certains médicaments, tels les tranquillisants et autres psychotropes ; c'est aussi une conséquence de l'obstruction nasale car un nez bouché oblige à respirer par la bouche en permanence et principalement la nuit. Dans tous les cas, consultez votre médecin, il trouvera une solution.

En ce qui concerne le tabac, il affecte l'haleine autant que la peau et les cheveux. Et c'est le moindre de ses méfaits. Pour en savoir plus sur l'intimité, ses peurs et ses gênes, je vous renvoie à mes précédents ouvrages (voir Bibliographie p. 219).

Un indispensable réaccordement

Dormir à deux, c'est faire se rencontrer dans une extrême proximité deux êtres en état de grande vulnérabilité, physique et psychique. Ils sont parfois nus de corps, exposés au regard et à la force de l'autre ; ils sont nus d'âme, leur masque étant soulevé ou enlevé, l'autre les voit comme ils sont ; enfin, de corps et d'âme ils sont abandonnés, toute vigilance et toute défense réduites. D'autant que cette rencontre implique un échange sans réserve des joies sensuelles et des plaisirs sexuels. Un tel rapprochement suppose que les deux partenaires soient en accord, c'est-à-dire dans les mêmes vibrations d'amour, de tendresse et de désir. Inversement, tout sentiment négatif (ressentiment, amertume, rancœur, rancune, voire haine) gênera ou empêchera la proximité. Comment accueillir à bras ouverts un partenaire qui vous a dominé et qui est incapable de partager le pouvoir, qui vous a dévalorisé et blessé dans votre amour de vous, qui ne vous a pas compris et écouté, qui vous a infligé des violences verbales ou physiques, qui vous a frustré, déçu, trompé ? Autrement dit, qui vous fait perdre confiance en vous et confiance en lui ? Comment peut-on rejoindre un partenaire sur la couche dans de telles dispositions d'esprit, sauf à être masochiste, excessivement soumis. À moins que l'on ne s'abrutisse de somnifère en s'écartant au maximum de l'autre ?

Un réaccordement est indispensable. Ce peut être la classique réconciliation sur l'oreiller où la force d'amour sous-jacente, ou celle du désir, ou les deux à la fois, l'emportent sur les sentiments négatifs et font « oublier » les blessures. Toutefois, cette réconciliation, sauf s'il s'agit d'une querelle passagère, ne règle pas les problèmes de fond. Un réaccordement plus profond est indispensable. On peut s'y consacrer le soir même ou bien le différer. Si l'on opte pour un échange approfondi avant le coucher, il devra impérativement suivre les règles de base d'une bonne communication et d'une bonne gestion des conflits (voir la cinquième partie, p. 179-187). Si l'on décide de différer, il est souhaitable néanmoins d'exprimer son ressenti, en résumé : « Je ne suis pas d'accord, je me sens triste (ou blessé), je voudrais en parler mais à un autre moment. Ce soir, je te propose une trêve. »

Voilà les amants couchés, réunis, enlacés, emboîtés. La présence physique de l'autre apporte le meilleur des apaisements : le merveilleux contact de sa peau, les bruits de son cœur et ce retour à la paix fœtale. S'y ajoutent sa complicité, sa confiance, sa tendresse, son amour. C'est tout cela qui conduit au sommeil. La densité et la chaleur des corps et la légèreté de l'âme l'emportent sur les soucis et les oppositions. En fondant leur bulle privée, en créant la bulle d'amour, les aimants ont inventé un espace privilégié, un espace du bonheur, d'un bonheur absolu, innocent et serein, une sorte de béatitude. Rien d'étonnant puisque la bulle est le lieu de la sensualité la plus exquise et la plus multiple qui soit, le lieu de la plus grande tendresse et le lieu de la fusion la plus intense.

2. Harmoniser les sommeils

Comme il existe différentes catégories de dormeurs, l'art de dormir à deux, c'est aussi l'art d'harmoniser, si nécessaire, le sommeil des aimants.

Petits dormeurs et grands dormeurs

Pour apprécier si l'on a bien dormi, on se réfère le plus souvent à la durée du sommeil et on se demande si l'on a assez dormi. On croit généralement qu'il faut dormir huit heures et l'on s'inquiète si l'on n'a pas dormi « ses huit heures ». En réalité, ce chiffre est une moyenne, non une norme, car le besoin de sommeil varie d'une personne à l'autre. Certains ont besoin de neuf à onze heures, d'autres de seulement six heures, voire trois heures. On peut classer les dormeurs en trois catégories[1] :

— les dormeurs moyens, qui ont besoin de huit heures de sommeil (79 % de la population) ;

— les petits dormeurs, qui n'ont besoin que de quatre à cinq heures (7 % de la population dort moins de six heures) ; leur sommeil est profond et ne comporte pas d'éveil conscient entre les cycles, ce qui compense la brièveté du repos. Ces êtres sont plutôt des êtres bien contrôlés, bien adaptés, confiants, énergiques, efficaces, ambitieux ;

— les grands dormeurs, qui ont besoin de dix à onze heures de repos (12 % de la population dort plus de neuf heures). Leur sommeil est léger et les réveils entre les cycles sont bien conscients et prolongés. Ce sont des gens plutôt nerveux, anxieux, voire dépressifs, encombrés de leurs problèmes, plus fragiles, moins efficaces, moins sociables et même opposants. Souvent, pour eux, le sommeil est un refuge.

1. Edmond Schuller, *op. cit.*

L'appartenance à ces catégories est innée, c'est une question de tempérament. Toutefois, divers facteurs peuvent modifier la durée du sommeil : la fatigue physique ou intellectuelle peut augmenter le besoin de repos. Inversement, tout ce qui met en alerte le système d'éveil va réduire la durée du sommeil : le surmenage, c'est-à-dire l'excès de fatigue, le stress, les chocs émotifs ou affectifs, les changements intervenus ou à intervenir dans notre vie. L'âge aussi est important : le nouveau-né a besoin de seize heures, dont 60 % de sommeil paradoxal, l'adulte de huit heures en moyenne dont 25 % de sommeil paradoxal, la personne de soixante-cinq ans de six heures dont 10 % de sommeil paradoxal ; chez cette dernière l'endormissement est plus difficile, le sommeil plus léger et les réveils nocturnes plus fréquents.

Bref, il faut cesser de se laisser terroriser par la pseudo-règle des huit heures. D'autant qu'à se forcer, en vain, à dormir huit heures, on se fatigue, et à se croire en manque de sommeil, on se croit fatigué. Quant aux conjoints qui appartiendraient à des catégories différentes, il leur faut trouver un *modus vivendi* de façon à ce que chacun ait son compte de sommeil tout en partageant le même lit et la même vie. Trois idées devraient présider aux arrangements :

— vivre en couple suppose d'accepter les différences et de respecter l'autonomie de l'autre. Moyennant quoi les besoins de sommeil de chacun, même différents, ne sont pas antinomiques : il suffit de trouver le plus petit dénominateur commun, c'est-à-dire d'insérer les cinq ou six heures de celui ou celle qui dort moins dans les neuf ou dix heures de celui ou celle qui dort plus ;

— aimer, c'est dépasser son ego. Alors, chacun peut faire un pas vers l'autre. Le petit dormeur augmentera son séjour au lit et le grand dormeur le réduira. Car il est possible de changer ses besoins dans une certaine marge. En effet, s'il existe bien des tempéraments, il y a aussi des gens qui ont pris des habitudes, dans un sens ou dans l'autre (soit de raccourcir leur sommeil, soit de le rallonger) parce qu'à une période de leur vie, ils ont pu se laisser aller à dormir plus, ou au contraire ils ont dû se contenter de moins ;

— une relation heureuse suppose qu'on sache communiquer, c'est-à-dire exprimer ses souhaits ou ses difficultés, écouter ceux de l'autre et passer des accords. On peut, par exemple, convenir que le petit et le grand dormeur se couchent à la même heure (en tout cas, le plus souvent possible), mais que le matin chacun est libre de son lever, à l'heure qu'il veut.

La priorité est d'harmoniser le coucher, car il n'y a rien de plus agréable que d'entrer ensemble dans le lit pour y vivre le bonheur de l'intimité et ses diverses possibilités ; et d'entrer ensemble dans le sommeil dont la première étape, l'endormissement, est un bain incomparable de tendresse et de volupté. Pour se rapprocher des habitudes de son aimé(e), le petit dormeur avancera son coucher de quinze minutes chaque semaine, jusqu'à accroître son sommeil d'une heure ou deux selon son cas. Il s'aidera de tous les moyens qui favorisent la détente déjà décrits (voir p. 83). Le grand dormeur, lui, reculera son coucher de quinze minutes par semaine jusqu'à réduire son besoin d'une ou deux heures selon son cas, de façon à rejoindre les besoins de son aimant. Pour cela, il évitera particulièrement tout ce qui entraîne la somnolence : les repas lourds, le vin et l'alcool au repas du soir, les infusions calmantes, les douches et bains chauds ; il s'adonnera à des travaux qui le tiendront éveillé (courrier, gestion, téléphone, sortir le chien, vaisselle, repassage, etc.). Il ne se couchera qu'à la dernière minute, c'est-à-dire lorsque son aimé(e) va au lit. Si des poussées de somnolence le prennent, il les chassera en respirant à fond plusieurs fois (profondes inspirations et profondes expirations, si possible devant une fenêtre ouverte ou dans le jardin), ou bien en pulvérisant de l'eau fraîche sur son visage avec un brumisateur, ou sur ses pieds avec un pommeau de douche.

Le matin, le décalage est moins grave, même s'il est souverainement agréable d'émerger ensemble du sommeil et de se câliner encore tout engourdis. Que chacun se lève à l'heure qu'il veut. Toutefois, il est impératif que le petit dormeur accorde à son aimé(e) (et s'accorde) au moins deux fois par semaine des matins câlins : soit en décidant de rester au lit, quitte, en attendant que l'autre se réveille, à écouter de la musique et des informations grâce à des écouteurs ; soit en se recouchant après avoir vaqué à ses occupations du petit matin. Si les décalages sont énormes (cas des noctambules ou à l'inverse des gens qui tombent de sommeil à 20 heures), il faut s'adresser à un laboratoire du sommeil. Plusieurs techniques existent pour modifier les besoins de sommeil (en particulier en réduire la durée), et pour changer les horaires d'endormissement (avancer ou reculer). Heureusement, l'amour et la vie commune tendent à rapprocher spontanément les besoins de chacun et leurs habitudes.

Les couche-tôt et les couche-tard, les lève-tôt et les lève-tard

Tous les gens ne se couchent pas à la même heure, ni ne se lèvent au même moment. Ces différences d'horaires déterminent d'autres catégories de dormeurs : il y a les couche-tôt et les couche-tard, les lève-tôt et les lève-tard.

• Du couche-tôt, on dit qu'il se couche « comme les poules ». Dès 21 heures, si ce n'est plus tôt, « il n'y a plus personne » : il a envie de dormir, lutte pour ne pas sombrer et ne s'intéresse plus à rien. Il s'endort devant la télévision ou en lisant. Il doit se forcer pour sortir le soir : aller au cinéma, au théâtre, chez des amis lui est difficile. Ses paupières sont lourdes, il mettrait bien des allumettes pour les tenir ouvertes. Aussi, quand il se met au lit, son endormissement est immédiat et son sommeil d'emblée profond : il « plonge » véritablement.

• Le couche-tard, lui, est en pleine forme à 21 heures, c'est même souvent l'heure où il est le plus en forme. On dit qu'il est « du soir ». À l'extrême, il peut être un oiseau de nuit, *alias* un noctambule. À la maison, c'est alors qu'il entreprend des travaux domestiques (le repassage par exemple) ou des travaux d'aménagement (comme peindre la cuisine). À moins qu'il ne s'offre de longues soirées de télévision (ce qui lui donne le privilège de voir les aussi rares que tardives émissions intelligentes). Ou qu'il ne se mette à lire jusqu'à une heure avancée. Mais ce qu'il aime plus que tout, c'est sortir : il raffole des invitations, de théâtre, de cinéma (la dernière séance, bien sûr), tout cela suivi d'une soupe à l'oignon. Si le couche-tard se met tôt au lit, il va attendre le sommeil impatiemment en se retournant cinquante fois.

• Le « lève-tôt » se réveille à l'aube, au chant du coq. Il n'aime pas traîner au lit. Aussi il se lève séant, en pleine forme et volubile. On dit qu'il est « du matin ». Le lève-tôt est le plus souvent un couche-tôt, mais il arrive qu'il soit aussi un couche-tard : dans ce cas, il fait partie des gens qui ont un besoin réduit de sommeil (quatre ou cinq heures).

• Le lève-tard n'émerge pas avant 9 heures, voire 10 heures. Même réveillé ou à demi réveillé, il adore paresser au lit. Quand enfin il se lève, c'est sans enthousiasme et il n'a pas envie de parler ni de faire quoi que ce soit. Toute la matinée il restera silencieux et fera tout lentement. Ce n'est qu'au cours de l'après-midi qu'il commence à parler vraiment et se met réellement au travail. Le lève-tard est souvent un couche-tard, mais il peut être aussi un couche-tôt s'il fait partie des gens qui ont un grand besoin de sommeil.

Ici aussi, quand les partenaires appartiennent à des catégories différentes, il sera important d'harmoniser leurs horaires. Le *modus vivendi* s'appuiera sur les mêmes bases que précédemment :

— respecter la différence et l'autonomie. Il n'est pas dramatique de ne pas se coucher toujours à la même heure ou de ne pas se lever ensemble tout le temps, car on partage de toute façon le cœur de la nuit. Il faut seulement prendre garde à ne pas perturber le sommeil de l'autre en se couchant et en se levant. Et l'on peut toujours décider le soir, pour le plaisir, de se mettre au lit ensemble, et le matin d'y rester à deux ;

— dépasser son ego voire ses besoins. Le couche-tard pourra se coucher un peu plus tôt et le couche-tôt un peu plus tard. Il est possible de changer ses habitudes et même ses rythmes, ou au moins de les modifier, nous l'avons vu (voir p. 115-117) ;

— négocier. On peut convenir que le couche-tard se couchera plus tôt de temps à autre pour offrir au couple une « soirée lit » : parler, lire ensemble, dîner au lit, faire l'amour. Inversement, le couche-tôt se couchera plus tard de temps en temps pour sortir en duo. De même, le lève-tôt pourra, certains matins, rester au lit pour partager la « grâce matinée » de son aimé(e) et cueillir à deux des merveilles érotiques.

Les bons dormeurs et les mauvais dormeurs

Un dernier critère du sommeil est sa qualité. Pour l'apprécier, on peut se référer tout simplement et très subjectivement à l'impression que l'on ressent au réveil. Le sommeil a été bon si l'on a une impression de bien-être, si l'on est reposé, frais, tonique et de bonne humeur. Bref, si l'on est en forme. Inversement, le sommeil a été mauvais si l'on sent qu'on a mal dormi ou pas assez, si l'on a une impression de mal-être, si l'on est fatigué, triste, voire anxieux. Bref, si l'on n'est pas en forme.

L'impression de bon sommeil correspond dans la réalité à un sommeil profond et sans éveil conscient. Ce que confirme et précise le tracé EEG qui montre le bon déroulement des cycles : un sommeil lent bien profond, continu et de bonne longueur, un sommeil paradoxal de bonne longueur également et des éveils brefs et inconscients entre les cycles. L'impression de mauvais sommeil correspond à un sommeil léger (c'est-à-dire sensible aux sollicitations extérieures) entrecoupé de plusieurs réveils conscients. Ici, l'EEG montre une phase d'endormissement trop longue, un sommeil lent moins profond et morcelé, un sommeil paradoxal réduit et des éveils intercycles trop conscients et troublés (angoisse, oppression respiratoire, impression pénible provenant du dernier rêve, etc.), troubles qui gênent le ré-endormissement. En résumé, on peut dire que le critère d'un bon sommeil n'est pas seulement sa profondeur, mais aussi le bon déroulement des cycles. À partir de la qualité du sommeil, on peut établir deux dernières catégories de dormeurs :

— les « bons dormeurs » au sommeil profond, d'une seule traite et réparateur, au réveil heureux, voire euphorique ;

— les « mauvais dormeurs » au sommeil léger, morcelé et moins réparateur, au réveil difficile et triste. Ces derniers seraient des êtres anxieux, émotifs, introvertis.

Si le fait de dormir à deux n'a pas amélioré le sommeil ou, pire, si la présence du partenaire trouble un peu plus le sommeil, il faudra d'une part, tenter de réduire les « nuisances » apportées par le conjoint et, d'autre part, soigner l'insomnie du premier.

Le mauvais dormeur subjectif

À ces deux catégories, on pourrait en ajouter une troisième : le « mauvais dormeur subjectif » qui fonde son appréciation sur des idées fausses : il croit avoir mal dormi parce qu'il a mis du temps à s'endormir, parce qu'il s'est réveillé plusieurs fois. Il est important qu'il sache que la règle des huit heures est sans fondement, comme nous l'avons vu ; que souvent on surestime la durée de l'endormissement ; qu'il n'est pas anormal de se réveiller entre les cycles et qu'on surestime aussi la longueur des éveils nocturnes. Que ce faux mauvais dormeur ne s'affole pas de tout cela, qu'il ne craigne pas de ne pas pouvoir se rendormir, qu'il attende avec confiance le prochain train du sommeil, qu'il profite de son éveil pour se remémorer le contenu de son dernier rêve (voir p. 157).

L'harmonisation est ici aussi nécessaire, car à la longue le mauvais sommeil de l'un peut gêner le sommeil de l'autre. Elle aura pour but d'améliorer le sommeil du mauvais dormeur. Souvent, elle se fait par la grâce de l'amour : le mauvais dormeur trouve un bon sommeil à partir du moment où il dort avec son aimé(e). Tout se conjuguera alors pour transformer la qualité de ses nuits : la relation amoureuse qui apaise son anxiété, le retour à la position fœtale qui lui permet l'abandon, les plaisirs sensuels et sexuels qui détendent son corps et son mental. De plus, son aimé(e) peut l'aider consciemment à parfaire son repos : par sa tendresse, ses caresses, ses paroles rassurantes. Il (elle) peut même lui offrir quelques moyens pratiques : des infusions, des bains, des massages. Quand c'est réciproque et salué de gratitude, il n'y a pas de mal à materner.

3. Savoir négocier

Avant de dormir avec notre partenaire, nous avions dormi seul pendant environ vingt ans. Durant cette période de solitude, nous avions pris des habitudes : celles que nous avaient transmises nos parents, celles que nous avions constituées quand nos goûts et nos besoins se sont précisés. C'est pourquoi nous abordons le lit commun avec un certain nombre de préjugés et de manies. Dans les débuts de la vie commune (l'« état de grâce »), nous sommes habités d'un amour si émerveillé et nous sommes tellement heureux de vivre et de dormir avec notre aimé(e) que tout se passe bien. Certes, on s'aperçoit que l'autre a des habitudes différentes, voire contraires aux nôtres, et que nos propres habitudes ne trouvent plus leur place et sont remises en cause ; mais, dans l'enthousiasme et le bonheur ambiants, les oppositions n'engendrent guère de conflit. Les transactions se font quasi spontanément et tacitement : on renonce gaiement à ses habitudes ou on adopte joyeusement celles de l'autre.

Toutefois, il se peut qu'après un certain temps, l'émerveillement et la souplesse des débuts s'estompant, certaines habitudes anciennes tendent à réapparaître. Il se peut aussi qu'à la suite de changements (maternité, maladie, déménagement, etc.), des besoins nouveaux se fassent jour, amenant chacun à des *desiderata* différents de ceux du partenaire. Alors, pour éviter des affrontements répétés, il faut en parler, exprimer ses souhaits et ses difficultés, et négocier. Dans ces tractations, les points de repère devraient être les règles d'hygiène de vie, c'est-à-dire ce qui est bon pour la santé et le sommeil, tel qu'on l'a développé dans les chapitres sur L'art de la chambre (p. 37) et le Feng Shui (p. 50). Les différences (et les différends) portent le plus souvent sur le degré de luminosité de la chambre, sur son aération, sur les appareils à y admettre et sur les occupations à y exercer.

La luminosité de la chambre

Le degré de luminosité est une question importante. Pour s'endormir, il y a ceux qui veulent une pleine lumière et ceux qui veulent une obscurité totale. Les premiers n'aiment pas qu'on ferme les volets ou les persiennes, ni qu'on tire les tentures ; et quand la nuit s'installe, ils souhaitent que reste allumée une lumière électrique ; parmi ceux-ci existent de véritables phobiques du noir. Les seconds, au contraire, ont besoin que volets, persiennes et tentures soient hermétiquement clos ; ils affirment que le moindre rai de lumière les empêche de s'endormir ou les réveille trop tôt le matin. Entre ces cas extrêmes, il y a tous les intermédiaires. De justes bases de négociation tiendront compte des réflexions suivantes :

— il est conforme à la nature et à la biologie que le sommeil coïncide avec l'obscurité ; c'est le fondement même du rythme circadien. Il est donc logique de souhaiter l'absence de lumière ;

— celui qui souhaite de la clarté comme celui qui réclame le noir agissent par habitude, or une habitude peut être changée. On pourrait, par exemple, couper la poire en deux : laisser volets, persiennes, tentures entrouverts, ce qui peut s'obtenir progressivement, en ouvrant (ou fermant) ces écrans d'un degré chaque semaine. On peut aussi clore les ouvertures et disposer une veilleuse près du sol du côté du « luminophile » ;

— la peur de l'obscurité peut relever d'une véritable phobie ; dans ce cas, elle s'accompagne de malaise, d'angoisse et d'insomnie. Il ne faut pas hésiter alors à envisager une psychothérapie.

L'aération

Certains veulent laisser la fenêtre ouverte ou entrouverte, d'autres veulent la fermer. Si l'on se réfère à l'hygiène de vie, il est préférable que la fenêtre soit entrouverte afin d'aérer la pièce, c'est-à-dire d'accroître son oxygénation, mesure qui favorise le sommeil et assure un bon fonctionnement du cerveau et du cœur. Si le bruit extérieur est important, on pourrait avoir recours aux boules qui obstruent les conduits auditifs ; mais cette pratique ne convient pas à tout le monde ; certains ont l'impression d'être coupés de leur partenaire et du reste de la maisonnée (bébé ou enfant qui pleure...). Une autre solution consisterait à maintenir la fenêtre fermée et à installer un système d'aération : prise d'air ouverte vers l'extérieur ou appareil échangeur d'air.

La température

La température de la chambre peut être également un sujet de discussion. Il y a les frileux qui n'aiment pas se déshabiller, se coucher ou s'ébattre dans une pièce qui ne serait pas bien chauffée. Et il y a ceux qui ont toujours trop chaud, ne supportent pas une chambre chaude et ont l'impression d'étouffer dès qu'ils se mettent au lit. La bonne solution pourrait être celle-ci : durant le jour et la soirée jusqu'au sommeil, maintenir une température ambiante entre 18 et 20 °C ; elle est agréable pour le déshabillage et les ébats, tant pour le frileux que pour le « brûlant ». Puis, dès qu'on décide de dormir, baisser la température à 15 voire 10 °C (un thermostat d'ambiance ou un bouton thermostatique placé sur le radiateur électrique ou le radiateur de chauffage central permet de contrôler aisément la température) ; à ce moment, le frileux ou la frileuse, étant dans les bras de son aimant et sous la protection de la couette, ne craint pas le froid. En revanche, l'air frais respiré convient parfaitement à l'arbre respiratoire et au sommeil. Évitez les couvertures chauffantes : elles émettent certaines ondes et de l'électricité statique, néfastes au sommeil.

Les appareils

En ce qui concerne les appareils à admettre dans la chambre, seuls le téléphone et un diffuseur de musique sont bénéfiques. Le téléphone permet d'appeler ou d'être appelé en cas d'urgence nocturne (problème de santé ou problème de famille). Il permet aussi de s'entretenir avec un interlocuteur sans être gêné par les bruits de la maisonnée et sans imposer notre conversation à l'entourage. Autres appareils admis dans la chambre : les diffuseurs de musique (radio et petite chaîne hi-fi). Outre que la musique peut constituer un plaisir à vivre à deux, elle peut s'utiliser pour s'apaiser le soir ou se dynamiser le matin. Mais il est indispensable de prévoir des écouteurs individuels, pour les jours où le partenaire ne souhaiterait pas partager l'écoute.

Tous les autres appareils électriques ou électroniques, et spécialement les écrans cathodiques (télévision, Minitel, ordinateur, etc.) doivent être exclus de la chambre comme nous l'avions indiqué dans les chapitres sur l'art de la chambre à coucher et le Feng Shui. Parce que cette pièce est un lieu de repos dont il faut éliminer toute agitation mentale, aussi bien celle qui provient de prétendues distractions, que celle qui concerne un travail. Et parce que les ions positifs issus des écrans peuvent avoir des effets perturbants sur le système nerveux. La place de la télévision (si l'on ne sait s'en passer) est le salon ; celle des écrans informatiques, la pièce personnelle, si l'on a la chance d'en disposer. Si l'on ne peut pas éviter la présence de ces appareils dans la chambre, il faut alors les débrancher et les recouvrir d'un tissu pendant la nuit. En effet, en veille ou même éteints, ils continuent à émettre des rayonnements.

Les occupations

Pour ce qui est des occupations, seules sont souhaitables celles qui servent les fins de la chambre : le repos, l'isolement, l'intériorité et la vie érotique. Travailler dans la chambre ou au lit ou y regarder la télévision sont des occupations qui mettent le psychisme (l'intellect aussi bien que l'émotivité) en ébullition et donc contrarient la détente nécessaire. De plus, elles prennent sur l'énergie et le temps qu'on pourrait consacrer à son couple et détournent l'attention de son partenaire. Fumer doit être absolument proscrit dans ce lieu d'où toute pollution doit être écartée afin de permettre au cerveau et à l'organisme de se régénérer. Un lieu aussi où le respect de l'autre et de la vie doit l'emporter. Un lieu sacré en quelque sorte.

En revanche, écouter de la musique est une activité agréable qui peut parfaitement se partager avec la précaution émise plus haut à propos de la radio et de la hi-fi : prévoir des écouteurs individuels. Lire est sans doute l'activité qui convient le mieux au lit. Le confort et le silence favorisent la lecture. Par ailleurs, lire constitue une occupation qui ne gêne pas son partenaire. Mieux, c'est une activité que l'on peut partager : en lisant ensemble le même livre ou en échangeant des réflexions à propos de ce que chacun découvre. Évitons toutefois de lire jusqu'à une heure avancée, pour ne pas rater le premier train du sommeil ni gêner l'endormissement de notre conjoint pour peu qu'il ait le sommeil léger. Quant à manger au lit, nous y consacrerons le prochain chapitre.

Questions diverses

Faut-il fermer la porte de la chambre ou la laisser ouverte ? La tranquillité des parents et leur vie érotique demandent que la porte soit fermée à clef pendant leurs moments d'intimité.

Votre partenaire est gêné(e) par le tic-tac du réveil et la lumière du cadran ? Prenez un appareil silencieux et placez-le de votre côté.

Votre partenaire voudrait que vous dormiez nu(e) et vous préférez revêtir un pyjama ou une chemise de nuit ? Choisissez des tissus très agréables au contact (soie, satin), n'utilisez que la veste du pyjama ou des chemises de nuit courtes dites « nuisettes ». C'est cela aussi, « couper la poire en deux ».

Votre partenaire a de l'asthme et ne peut supporter les oreillers en plume et les moquettes ? Adoptez des oreillers en laine ou en mousse et placez un plancher flottant en lames de bois sur le sol.

Les animaux

Leur place n'est pas dans la chambre. D'une part, pour des raisons d'hygiène, leur pelage et leurs orifices naturels étant des réservoirs de microbes et de parasites (insectes et vers) ; d'autre part, parce qu'ils détournent l'attention, la tendresse et les caresses des conjoints à leur profit.

4. Manger au lit

Certains aiment manger au lit, d'autres non. Mais souvent, ceux qui n'apprécient pas cette pratique se mettent à en raffoler lorsqu'ils tombent amoureux de quelqu'un qui l'aime. C'est en effet un plaisir contagieux.

Le petit déjeuner au lit, tout un art

Le petit déjeuner, à la sortie de la nuit, est un des meilleurs moments du dormir à deux. Pour en préserver toute la volupté, n'en faites pas une habitude ; réservez-le à certains jours, qu'il soit toujours une surprise. Ça peut être une façon de fêter un événement, un anniversaire, par exemple. Ça peut être le privilège d'un jour de vacances où l'on prend son temps ; ou encore une envie soudaine de chérir son aimé(e), que sais-je ? Pour que le petit déjeuner soit pleinement réussi et pour éviter tout incident ou désagrément, il vous faut un minimum d'organisation. Tout d'abord, il faut être bien assis dans le lit :

— assis bien droit pour pouvoir porter facilement les aliments et les boissons à la bouche et les déglutir ;

— assis bien stable pour éviter de glisser vers le pied du lit ;

— assis confortablement enfin. Pour y arriver il faut non seulement disposer au mieux l'oreiller, mais ajouter dans le creux des reins un second oreiller plié en deux ou un coussin.

Le plateau, lui, devra être très stable également (les plus stables sont les plateaux en bois, munis de quatre pieds séparés non escamotables). Ce plateau doit être assez grand pour pouvoir y mettre tout ce dont on a besoin et comporter des rebords assez hauts pour empêcher que quelque chose ne bascule par-dessus bord. Summum du confort, il existe des plateaux dont un des grands côtés est incurvé vers l'intérieur. Enfin, il doit être recouvert d'une surface antidérapante pour éviter que les objets n'y jouent la grande glisse : à noter que les sets de plastique sont moins glissants que les sets de fibres ou les napperons. Sur le plateau, il faut tout prévoir pour n'avoir pas à se relever une fois installé. Pas drôle de devoir défaire toute l'installation pour aller quérir un sucre oublié. Une check-list affichée dans la cuisine pourrait prévenir tout oubli. Le plateau doit être garni de mets tout prêts pour éviter de faire dans le lit des manœuvres de préparation inconfortables et risquées. Le pain, par exemple : il faut absolument que vous le coupiez dans la cuisine, ne serait-ce que pour éliminer les miettes ; de plus, pour vous prémunir contre ces particules que, décidément, fesses et cuisses ne supportent pas, tapotez les tranches dans la cuisine avant de les aligner dans leur corbeille. Agissez de même avec les tranches grillées, les biscottes, les croissants, les brioches, etc. : sortez-les de leur emballage et tapotez-les avant de les placer sur le plateau. Quant aux céréales, laissez les boîtes à la cuisine après avoir rempli les bols.

Faites de même pour les confitures et le beurre : laissez les pots et les paquets et servez plutôt des coupes remplies d'une quantité suffisante (voire excessive) pour n'avoir pas à vous relever. Pour ce qui est des liquides (jus de fruit, café, thé, lait, etc.), n'apportez pas les bouteilles, cafetière ou théière : amenez les verres et les tasses déjà remplis. N'oubliez pas de réchauffer les tasses avant de les remplir (vous pourriez les laisser, le temps de tout préparer, sur une surface chauffante tel un radiateur). Si vous tenez à apporter les cafetières et théières, préparez une table basse à côté du lit sur laquelle vous les poserez car elles sont encombrantes et pourraient être dangereuses si elles se renversaient.

Les vaisselles seront choisies les plus stables possible : les verres, les tasses, les coupes de confiture et de beurre, les cafetières et les théières seront à fond plat et large. Par ailleurs, l'utilisation de vaisselle carrée permet de garnir le plateau avec le maximum d'éléments sans faire d'acrobatiques accumulations ; une forme carrée serait particulièrement bienvenue pour les soucoupes et assiettes qui prennent beaucoup de surface. Pour les couverts et spécialement pour les couteaux, évitez ceux dont le manche est lourd car ils basculent trop souvent du mauvais côté.

Derniers conseils pratiques : prévoyez plusieurs serviettes de table ainsi qu'une serviette de toilette à portée de main au cas où quelque chose se renverserait. Prévoyez également un petit aspirateur à pile pour débarrasser le drap des miettes. Le petit déjeuner étant un moment de plaisir et de fête, soignez-en l'esthétique. Vaisselle et couverts, qu'ils soient modernes ou classiques, auront belle allure. N'hésitez pas à mettre une touche de luxe : des petites cuillères en argent, un sucrier en vermeil, une coupe de cristal ou des serviettes brodées. Ainsi l'art du petit déjeuner parachèvera l'art de dormir à deux.

Le repas de midi

Prendre ensemble le repas de midi au lit, ça n'arrive qu'aux amoureux, spécialement pendant leur « lune de miel ». Ne cessons donc pas d'être amoureux et faisons de nos jours libres (et particulièrement de nos voyages) des voyages nuptiaux. Le plus souvent, ce repas pris à midi n'est autre qu'un petit déjeuner qu'une grasse matinée agrémentée de jeux érotiques a reculé à l'extrême. Il arrive aussi que le petit déjeuner ait été pris à son heure, le matin, mais qu'à sa suite les aimants, s'étant adonnés aux joies de l'amour jusqu'à midi passé, décident de déjeuner également entre les draps.

Le repas du soir

Prendre à deux, au lit, le repas du soir, est aussi un événement très agréable qui survient dans diverses cir-

Les soirées plateau-télé au lit ?

La télévision, comme je l'ai dit, n'a rien à faire dans la chambre. De plus, il n'est pas recommandé d'associer à des activités aussi intériorisées et aussi voluptueuses que des repas partagés et enveloppés de contacts, une invitée aussi extérieure, aussi intrusive et tonitruante qu'est la télévision ; elle vole l'attention et décapite la sensualité. Alors on mâche sans jouir, on touche sans tressaillir. Le palais et la peau qui vibraient de concert, se sentant délaissés, se retirent du jeu. Tandis que l'estomac, malmené par les cascades d'émotions artificielles qu'il subit, proteste par moult crispations et aigreurs.

constances. Restons ouverts à ces surprises. Premier cas de figure : ayant fait une sieste commune qui s'est commuée en un après-midi de fête des corps jusqu'à la tombée de la nuit, vous improvisez un dîner au lit de façon à prolonger la communion. Deuxième cas de figure : étant rentré du travail plein de désir et ayant entraîné votre compagnon, votre compagne, dans le lit, vous avez décidé, les ébats passés ou suspendus, de dîner sur place. Autre cas : rentré du travail particulièrement éreinté et ayant été vous reposer sur le lit, votre compagne – votre compagnon – vous a fait la surprise, tôt ou tard, de vous y rejoindre avec un plateau garni. Autre circonstance encore : la bise qui souffle et la neige qui tournoie vous donnent envie de vous nicher avec votre partenaire dans le creuset du lit, d'y bavarder, de lire ou d'écouter de la musique côte à côte, tout en grignotant un repas léger.

Quand il faut le lit garder

En dehors de ces repas-plaisir, il arrive que l'on doive manger au lit par nécessité : en cas de maladies aiguës (grippe, sciatique, etc.) ou de poussées aiguës de maladies chroniques (insuffisance cardiaque, crise d'arthrite, etc.), pendant une grossesse ou après un accouchement à domicile. Le partenaire peut faire de ces nécessités des moments de plaisir commun en venant, muni également d'un plateau, accompagner l'alité ou l'accouchée. Toutefois, il faut savoir que ceux-ci doivent, aussitôt qu'ils le peuvent, se lever et manger dans un fauteuil afin de prévenir les complications thrombo-emboliques. En effet, l'immobilité entraîne une stagnation du sang des veines des membres inférieurs, où alors le sang se prend en caillots (thrombose). Ceux-ci enflamment les veines (phlébite) et risquent de se détacher pour aller obstruer un vaisseau des poumons (embolie pulmonaire).

5. Les comportements et les états gênants

Si la présence dans le lit d'un(e) conjoint(e) apporte beaucoup de bonheur et même les plus grands bonheurs qui soient, elle peut aussi perturber le repos de l'autre. En effet, certaines personnes manifestent des comportements plus ou moins gênants pour le sommeil de celui ou de celle qui partage la chambre et *a fortiori* le lit : mouvements involontaires, bruits divers, troubles multiples liés à des états ou à des maladies. Il est donc indispensable d'atténuer ces gênes si l'on veut préserver l'harmonie et la paix du couple.

Les mouvements involontaires

On en distingue plusieurs sortes :

— les sursauts de l'endormissement sont des détentes subites accompagnées d'une impression de tomber dans un trou sans fond, qui surviennent tandis qu'on s'endort. Ils peuvent réveiller le conjoint ; ils sont heureusement peu fréquents et non répétitifs ;

— les mouvements liés aux rêves et aux cauchemars sont, sauf exception, limités ; sans doute grâce à l'atonie des muscles du dormeur qui lui interdit d'exprimer en gestes ce qu'il vit de façon onirique. Il n'empêche que ces manifestations, même limitées, peuvent gêner le conjoint ;

— l'agitation des gigoteurs nocturnes, leurs sauts de carpe et leurs ruades, est liée à un excès de nervosité implosée qui se détend alors ;

— l'impatience des jambes est une impression désagréable que l'on ressent dans les membres inférieurs et qui entraîne un besoin irrépressible plus ou moins conscient de les bouger. Le plus souvent, les mouvements surviennent toutes les 20 secondes.

L'impatience des jambes

C'est un cas particulier de mouvements involontaires liés à une mauvaise circulation dans les membres inférieurs. Un traitement de la circulation veineuse pourra améliorer ce syndrome : Ginko biloba, hamamélis, intrait de marron d'Inde (vendus sans ordonnance en pharmacies, parapharmacies et boutiques bio), massage des jambes de bas en haut avec la traditionnelle pommade Rap® ou une lotion pour les jambes à base d'hamamélis et de lavande. On pourra y ajouter les moyens antinervosité exposés ci-dessous, car dans les impatiences des jambes il y a une participation nerveuse.

D'une façon générale, on peut diminuer ces mouvements involontaires et réduire la tension nerveuse en réalisant dans la journée des exercices physiques qui déchargent le trop-plein d'énergie et préviennent l'implosion nocturne, en prenant des bains tièdes contenant des essences aromatiques, des tisanes ou grâce à des cures alternées de magnésium et de calcium. Les mouvements involontaires peuvent aussi être causés par un excès d'ions positifs (électricité statique). Il existe plusieurs moyens de les supprimer :

— marcher pieds nus dans la pelouse avant le coucher (c'est une « mise à la terre ») ;

— prendre un bain chaud (c'est aussi une mise au sol) ;

— installer un « négativeur d'ions positifs » dans la chambre ;

— réduire le nombre d'appareils électriques de cette pièce, débrancher la nuit ceux que l'on ne peut éliminer ;

— s'il le faut, se lever la nuit pour se passer les mains ou les pieds sous un jet d'eau tiède.

Bien qu'ils soient volontaires d'une certaine façon, il faut parler ici des mouvements liés aux crampes qui surviennent au lit. Ces douleurs soudaines qui saisissent les pieds ou les mollets et qui correspondent à des spasmes musculaires obligent la victime à remuer les jambes. À l'origine des crampes, on trouve des efforts musculaires excessifs ou un déficit en magnésium et en calcium. Quant aux contractures de la femme enceinte, elles sont dues à la compression de vaisseaux ou de nerfs par l'utérus distendu. Le traitement préventif consiste en un apport alimentaire suffisant en magnésium, calcium et potassium (nourriture riche en légumes verts, en légumes secs, en fruits secs et en laitages, eaux minérales généreuses en oligo-éléments), auquel on peut ajouter une supplémentation sous forme de granulés, gélules ou oligosols. Une bonne association de magnésium et de potassium se trouve dans les comprimés de Biomag®. La croyance populaire qui veut qu'un savon de Marseille placé au fond du lit prévient les crampes est tout simplement fondée sur la richesse de ce savon en potasse. Le traitement classique par le sulfate de quinine en comprimés reste valable (Hexaquine®, délivré sur ordonnance).

Bien entendu, on demandera aux sportifs de mieux doser leurs efforts et aux femmes enceintes de consulter leur obstétricien afin de vérifier que la grossesse se passe bien. Si ces mouvements involontaires ou volontaires ne passaient pas et gênaient sérieusement le conjoint, il faudrait décider d'acquérir un lit de grande largeur (1,60 m au moins), muni de deux matelas indépendants. La largeur du lit permet au partenaire de se soustraire aux mouvements intempestifs de son voisin, et l'indépendance des matelas évite la transmission des secousses et des vibrations.

Les bruits

Les sons liés aux rêves et cauchemars

Paroles voire cris peuvent émailler les rêves et surtout les cauchemars. Ce comportement est exceptionnel mais quand il se répète, il peut devenir très gênant. Il faut alors s'en préoccuper. En réalité, les rêves agités traduisent souvent des difficultés psychologiques. Pour retrouver un bon équilibre mental, le sujet pourra utiliser les moyens de se détendre déjà décrits (voir p. 83) ; il pourra surtout utiliser ses rêves pour progresser : comprendre leur message, trouver leur sens, savoir que, de toute façon, une évolution favorable se fera de rêve en rêve d'autant qu'on les accueille dans un esprit positif et confiant. Nous reviendrons sur ce travail à faire dans la quatrième partie.

Les grincements de dents ou bruxisme

Il peut être transitoire ou chronique, d'intensité faible ou forte. S'il est appuyé, il peut causer des brisures de dents ; s'il dure, leur usure. Il s'accompagne de douleurs dans les mâchoires et la face. Le traitement consiste à prendre des sédatifs légers, en particulier des myorelaxants. Pour protéger la dentition, il pourra être nécessaire de placer une prothèse spéciale.

Les ronflements ou ronchopathies

Les ronflements constituent un problème majeur pour le couple, surtout s'ils sont intenses et si le partenaire a un sommeil léger. Ils se produisent de façon chronique chez 25 % des dormeurs ; chez les autres ils sont passagers. Le son émis est dû au passage de l'air inspiré et expiré dans le défilé des voies aériennes supérieures formé par la langue et le palais, puis par les piliers des amygdales et le voile du palais prolongé de sa luette, et enfin par le pharynx en arrière-plan ; les vibrations de ces divers éléments donnent sa caractéristique au bruit, bruit dont l'intensité varie de 20 à 80 décibels !

Certaines anomalies et maladies, en rétrécissant les voies respiratoires, provoquent ou accentuent les ronflements :

— la rétrognathie (raccourcissement de la mâchoire inférieure donnant l'apparence d'un menton reculé en arrière) qui entraîne une réduction du volume de la cavité buccale et pharyngienne ; d'autant que la langue, décalée également vers l'arrière, tombe dans le pharynx ;

— l'hypertrophie du voile du palais et de sa luette qui gêne le passage de l'air ;

— l'hypertrophie des tissus adénoïdes, en particulier sous forme de grosses amygdales et de grosses « végétations », qui réduit aussi le calibre des voies aériennes ;

— l'infiltration graisseuse des tissus qui tapissent le défilé peut également le rétrécir. En effet, en cas d'obésité, les cellules graisseuses envahissent les muqueuses de la langue, des joues, du voile du palais, des piliers des amygdales et du pharynx.

Les effets de ces divers rétrécissements sont aggravés dans certaines circonstances :

— l'existence concomitante d'une obstruction nasale (déviation de la cloison nasale, végétations adénoïdes) qui, empêchant l'air de passer par le nez, l'oblige à emprunter la bouche ;

— la position en décubitus dorsal (couché sur le dos) qui, sous l'effet de la pesanteur, fait s'effondrer la langue et le voile du palais dans la cavité pharyngienne. Du reste, on constate qu'il suffit de faire tourner le ronfleur sur le côté ou sur le ventre pour que cesse sa musique ; c'est que la pesanteur fait alors tomber la langue et le voile en avant, dégageant ainsi le pharynx ;

— la consommation d'alcool et de somnifères qui, en rendant les tissus plus flasques, les prédisposent à tomber et à vibrer.

Les complications entraînées par l'obstruction respiratoire sont sérieuses, voire graves. La réduction de la ventilation entraîne une réduction de 10 à 35 % de l'oxygénation de l'organisme dont souffrent en premier le cerveau et le cœur. C'est alors que, pour assurer un meilleur apport d'oxygène aux tissus, le cœur s'accélère tandis que la tension artérielle monte (tandis que, dans le sommeil normal, le cœur se ralentit et la tension s'abaisse). Cette accélération et le manque d'oxygène fatiguent le cœur et le prédisposent à l'infarctus et à d'autres défaillances ; quant aux poussées de tension, elles exposent le cerveau à des accidents vasculaires.

Les mesures préventives contre les ronflements

◆ Assurer une bonne aération, afin d'assurer un renouvellement d'oxygène.
◆ Maintenir un degré hygrométrique élevé pour éviter le dessèchement des muqueuses respiratoires.
◆ En ce qui concerne le dormeur : l'empêcher de se mettre sur le dos en insérant un objet d'un certain volume dans le dos de la veste de pyjama (une balle de tennis par exemple).
◆ Éviter l'alcool et les somnifères qui provoquent un trop profond sommeil et une atonie excessive des tissus.
◆ Éviter la surcharge pondérale.
◆ Inutile d'avoir recours au détecteur de ronflements ; c'est un gadget qui ne résout pas la cause du bruit et réveille plus le (la) conjoint(e) que le ronfleur.

Il est impératif de traiter les ronflements tant pour leurs conséquences conjugales que pour leurs répercussions sur la santé. Le traitement consistera à agir sur l'obstruction des voies aériennes. Plusieurs solutions sont envisageables :

— une correction de la rétrognathie pour repositionner vers l'avant la mâchoire inférieure grâce à un traitement orthodontique : une prothèse mise en place le soir projette les incisives et donc le maxillaire inférieur vers l'avant, ce qui agrandit l'espace oro-pharyngien ;

— une correction de l'hypertrophie du voile du palais et de la luette qui consiste à les raccourcir soit par laser CO_2 (avantage : pas d'anesthésie générale ; inconvénient : douleurs pendant quelques jours), soit par chirurgie (grâce à une UPPP, uvulo-palato-pharyngo-plastie), qui peut se pratiquer sous anesthésie locale ou sous anesthésie générale ;

— une cure d'amaigrissement pour soustraire la graisse qui épaissit les muqueuses ;

— l'ablation des amygdales et des végétations ;

— une correction de l'obstruction nasale : rectification de la cloison nasale, ablation des végétations ;

— l'utilisation de la VPPP (ventilation par pression positive) dite aussi NCPAP (*Nasal Continuous Positive Air Pression*) qui consiste à envoyer de l'air sous pression positive dans les narines pour forcer l'obstruction. L'appareil comprend une réserve d'oxygène, une pompe et un masque nasal. Cette technique est à réserver aux cas sévères, lorsque le sujet refuse les opérations ou que le risque opératoire est trop élevé. Quoi qu'il en soit, dans tous les cas, consultez votre médecin traitant.

Face aux bruits émis par un(e) conjoint(e), que peut-on faire pour protéger le bien-être et le sommeil de l'autre ? Déjà, en soignant la cause des bruits, on les atténue ou même on les supprime, faisant d'une pierre deux coups : on soulage l'émetteur de ses pénibles troubles en même temps qu'on épargne les oreilles du partenaire. Pour protéger directement ce dernier, le recours aux obturateurs de conduit auditif est la solution qui satisfait la plupart des gens, d'autant qu'il en existe plusieurs sortes. Quant au choix du lit (grande largeur ou lits jumeaux), il ne change rien à la réception des sons, sauf que la distance soustrait le partenaire aux vibrations transmises. C'est pourquoi ceux qui ont un sommeil léger et qui supportent mal les obturateurs se résolvent à l'ultime solution : faire chambre à part (nous reviendrons sur ce choix p. 151). Les problèmes de bruit sont à considérer avec le plus grand sérieux car ils sont fréquemment à l'origine de conflits dans le couple ; le lit qui devrait être un lieu d'apaisement et d'harmonie peut devenir un espace de stress et de polémiques.

L'apnée du sommeil

C'est un trouble qui s'accompagne de ronflements et relève d'une obstruction aérienne. Voici comment cela se passe : le sujet ronfle de façon croissante puis soudain il s'arrête de respirer comme si un obstacle empêchait l'air de passer ; il fait des efforts colossaux pour reprendre son souffle jusqu'à s'asseoir dans le lit, son visage gonfle et bleuit. Puis sa respiration reprend, il s'allonge à nouveau, se rendort et les ronflements recommencent. Au moment où il s'assied, le sujet se réveille quelques secondes, mais il ne gardera aucun souvenir de la crise. Cette apnée peut se reproduire 10 à 300 fois dans une nuit ; la diminution d'oxygène dans le sang qui en résulte, comme la poussée de tension artérielle concomitante, peuvent entraîner un infarctus du myocarde ou un accident cérébral. Au réveil, le ronfleur apnéique est très fatigué et de mauvaise humeur, et au cours de la journée il sera sujet à des endormissements irrésistibles tant au travail (d'où accidents du travail ou accès de sommeil pendant des réunions) qu'en voiture (d'où accidents de la circulation). De plus, il aura des difficultés de concentration intellectuelle. Pour le partenaire réveillé par les ronflements, ces apnées sont impressionnantes, voire paniquantes. Il ou elle se demande si son conjoint ne va pas trépasser. Ces apnées concernent 5 % de la population, frappent à 95 % des hommes de plus de quarante ans, obèses, hypertendus, alcooliques. Elles atteignent exceptionnellement les femmes, de préférence celles de plus de cinquante ans. Les causes d'obstruction sont les mêmes que celles décrites pour les ronflements. Le traitement préventif consiste à maigrir et à cesser toute prise d'alcool. Les traitements curatifs, eux, agiront sur la cause de l'obstruction comme on l'a vu pour les ronflements ; quand une intervention directe sur celle-ci est impossible, il faudra recourir à la VPPP.

Souvent le ronfleur ne sait pas qu'il ronfle et si son partenaire le réveille la nuit pour faire cesser ses ronflements ou lui affirme, le matin, qu'il a beaucoup ronflé pendant son sommeil, il s'étonne, nie, crie à l'injustice et se sent blessé. Il est pourtant vrai qu'on peut bel et bien ronfler et même gravement, comme dans l'apnée du sommeil, et ne pas s'en rendre compte. On peut également ronfler au cours de microsommes : votre sommeil a été interrompu au cours de la nuit par les ronflements de votre partenaire, vous l'avez donc réveillé afin qu'il cesse d'émettre ces bruits. Puis, croyez-vous, vous n'avez pas réussi à vous rendormir, restant éveillé des heures. En réalité, ces heures prétendument d'insomnie sont émaillées de maints microsommes où vous plongez durant quelques minutes dans un profond sommeil accompagné de ronflements. Cela donne au petit matin le dialogue suivant : « Tu m'as réveillé cette nuit avec tes ronflements, je n'ai pas pu me rendormir, j'ai passé une nuit blanche ! – Je ne sais pas si j'ai ronflé, ça m'étonnerait ; mais en tout cas, toi, tu t'es bien rendormi et qu'est-ce que tu as ronflé ! Ce qui m'a empêché de me rendormir. Je n'ai plus fermé l'œil de la nuit ! » En réalité, chacun est de bonne foi : on peut ronfler sans le savoir et ronfler au cours des micro-sommes qui ponctuent l'insomnie. Aussi, ne laissons pas l'humeur noire nous envahir, soyons humbles : « Si tu dis que j'ai ronflé, c'est que j'ai ronflé et je te prie de m'excuser pour t'avoir réveillé. Voyons comment on peut arranger cela... »

Les gênes liées à des états particuliers

La grossesse

Elle peut perturber le sommeil de la femme et celui de son compagnon : les crampes, les troubles digestifs, les mictions plus fréquentes, le positionnement difficile au cours des derniers mois (le volume de l'abdomen interdit de dormir sur le ventre et rend malaisés les changements de position) et les mouvements du fœtus sont autant de gênes au repos. La femme accepte ces inconvénients car elle sait de façon plus intime l'importance de ce qui se déroule en elle. Son partenaire saisira ici l'occasion de partager à sa manière l'œuvre de conception : sa sollicitude pour la femme et l'enfant calmera du reste les troubles de la première et l'agitation du second.

Les bouffées de chaleur de la ménopause

Elles sont un désagrément plus qu'une maladie. Il n'empêche qu'elles perturbent sérieusement les nuits conjugales, entraînant même des conflits : madame « bout de chaleur », étouffe, s'agite et rejette les couvertures. Réveillé par les mouvements de sa compagne et le froid qui le saisit, monsieur grommelle en essayant de remonter les couvertures sur lui. Il arrive qu'il s'enrhume et traîne sa toux durant plusieurs semaines, se plaignant à qui veut l'entendre que c'est sa femme qui est la cause de son refroidissement. Un bon traitement évitera ces bouffées. Il n'est pas forcément nécessaire de recourir aux hormones de substitution ; certains remèdes de phytothérapie en gouttes ou en gélules (hamamélis, sauge, etc.) ou d'homéopathie sont efficaces à moindre risque.

Le grand âge

Il est caractérisé par des modifications du sommeil : il se fait plus court et moins profond, avec des réveils nocturnes plus marqués et un éveil matinal plus précoce. Les personnes âgées se couchent plus tôt et se lèvent plus tôt. Il n'y a rien là d'anormal, le besoin de sommeil étant réduit chez elles. Si le sommeil est vraiment trop perturbé, que ces personnes s'en remettent aux divers moyens non toxiques développés dans la deuxième partie (voir p. 83) ;

qu'elles évitent absolument les somnifères qui, chez elles, s'éliminent mal en raison d'une fatigue des reins et du foie, et affectent leur mémoire déjà défaillante. Enfin, les gens du troisième et du quatrième âge sont plus fréquemment atteints de maladies qui gênent leur sommeil et celui de leur conjoint.

Les gênes liées aux maladies

Le partage de la chambre et du lit avec un conjoint atteint d'une affection chronique ou aiguë pose des problèmes particuliers. D'autant que nombre de maladies éclatent ou se déclarent la nuit. En effet, c'est au cours de cette période que le système parasympathique, dit aussi « vagal », prédomine. Or, c'est ce système qui commande la contraction et donc le spasme des viscères (bronches, vésicule biliaire, intestins, etc.) ; le maximum de prédominance vagale se situe à 3 heures du matin et c'est bien à cette heure que survient la majorité des crises.

Il y a d'autres explications aux poussées nocturnes des maladies : la position allongée entraîne une stagnation du sang dans le thorax et spécialement dans les poumons, ce qui prédispose aux troubles respiratoires et cardiaques. Par ailleurs, les rêves et les cauchemars peuvent provoquer une accélération du cœur et des montées de tension artérielle favorisant les désordres cardiaques et cérébraux. Enfin, les obstructions respiratoires que traduisent les ronflements engendrent une hypoxie (un déficit en oxygène) des tissus dont souffrent particulièrement le cœur et les neurones cérébraux.

Mais ne vit-on pas ensemble pour le meilleur et pour le pire ? Heureusement, on peut s'arranger du pire si on l'aborde avec amour, intelligence et l'aide d'un médecin. D'une façon générale, la maladie d'un conjoint gênera l'autre par l'inquiétude qu'elle fait naître en lui, par les bruits et les mouvements qu'elle provoque, par les déplacements qu'elle oblige et par la lampe qu'il faut allumer. Le traitement visera donc à améliorer l'état de santé et plus ponctuellement à réduire les troubles nocturnes, ce qui, secondairement, atténuera les gênes causées au compagnon.

Le traitement de fond devra donc être le meilleur possible, et bien suivi. Il faut par ailleurs disposer d'une réserve de médicaments destinés à être pris en urgence pour juguler une poussée nocturne. Bien entendu, les numéros de téléphone du service de garde et du SAMU seront affichés sur l'appareil.

Le conjoint devra être prévenu quant à la survenue de crises la nuit. En gardant son calme, il évitera d'aggraver l'angoisse du malade et s'efforcera même de l'apaiser. Ce qui lui permettra, la crise passée, de retrouver plus facilement son sommeil. Il lui faudra également protéger son repos, ce qui n'est pas contraire à l'empathie et au dévouement. Dans ce livre, nous n'envisagerons que les maladies chroniques et leurs poussées et, dans ce cadre, nous donnerons des indications suffisantes pour chaque classe de troubles.

Les pathologies respiratoires

Ce sont sans doute celles qui troublent le plus fréquemment les nuits communes. D'une part, tout ce qui affecte le souffle vital inquiète de façon majeure le patient et autant son compagnon – sa compagne ; d'autre part, les manifestations sont bruyantes et visibles, voire spectaculaires. Les accès chroniques de troubles respiratoires (bronchite chronique, emphysème, etc.) se manifestent par des difficultés à respirer impressionnantes à vivre et à voir : essoufflements, toux, bleuissement du visage et des extrémités, angoisse. Le rôle du conjoint est alors d'apaiser le malade, de lui faire prendre ses médicaments ou de l'oxygène.

La crise d'asthme

C'est un cas particulier de pathologie respiratoire. Ici, les mesures préventives sont capitales : elles consistent à éliminer tout ce qui peut provoquer des réactions allergiques (oreiller et couette en plume, moquettes en laine) et à prendre régulièrement un traitement antiallergique et bronchodilatateur. Les symptômes sont impressionnants (asphyxie et sifflements) ; toutefois, le pronostic vital n'est pas en jeu (sauf dans l'« état de mal asthmatique », une succession de crises intriquées). Le conjoint ne paniquera pas et son calme tempérera l'angoisse du malade ; il administrera les médicaments de crise, toujours disponibles dans la table de chevet. S'il veut témoigner son affection, qu'il se limite à des mots doux et à un toucher subtil afin de ne pas envahir le territoire de l'asthmatique, ce qui l'étoufferait un peu plus.

Les pathologies cardiaques

C'est la seconde cause grave de perturbation des nuits conjugales. Il est impératif que le compagnon ou la compagne respecte le désir de l'insuffisant cardiaque de dormir en position semi-assise, calé par deux oreillers (ce qui réduit la stase dans la petite circulation qui va du cœur droit aux poumons). Il – elle – avancera les remèdes et si nécessaire l'oxygène. La crise d'angine de poitrine (ou « angor ») survient de temps à autre chez le sujet atteint de coronarite. Elle se caractérise par des douleurs rétrosternales intenses, très angoissantes, mais qui cèdent assez vite à l'administration d'un antiangoreux. Le conjoint, prévenu, gardera son calme et aura le bon réflexe d'avancer les remèdes.

Les troubles neurologiques

Parmi ces troubles, la crise d'épilepsie est la plus saisissante. Mais le conjoint sait comment réagir : éviter que le malade ne se fasse mal (en se cognant, en tombant), éviter qu'il ne se morde la langue. Et attendre avec confiance la fin de la crise. Veiller aussi à ce qu'il n'oublie pas de prendre régulièrement son traitement.

Les douleurs

Quelle que soit leur origine, elles réveillent le malade ou l'empêchent de dormir ainsi, bien souvent, que son conjoint. Toutes les maladies peuvent provoquer des douleurs, mais le plus souvent les algies relèvent de la rhumatologie. Certains rhumatismes s'exacerbent la nuit, comme si la chaleur du lit les attisait. C'est le cas, par exemple, de la périarthrite scapulo-humérale qui atteint l'épaule. Certaines sciatiques également s'accentuent la nuit, en raison de la mollesse du lit. Un antidouleur, voire un anti-inflammatoire, rendra son sommeil au malade et à son conjoint.

Le besoin de miction répété

Il oblige à se lever la nuit et le plus souvent à allumer. Chez la femme, ce sont les fibromes utérins et les kystes de l'ovaire, chez l'homme c'est l'hypertrophie de la prostate, qui provoquent le besoin d'uriner en réduisant la capacité de la vessie. Du reste, c'est le nombre de mictions nocturnes qui sert de critère pour décider de l'ablation d'un adénome prostatique : plus de trois mictions conduisent à la table d'opération. Pour éviter de réveiller son partenaire, le conjoint contraint de se lever devrait s'éclairer avec une lampe de poche de bonne qualité. Il devrait aussi se lever avec précaution ; s'il se met debout d'un seul coup, il se peut que la tête lui tourne et qu'il s'effondre. D'où une scène de panique : son compagnon – sa compagne – réveillé(e) par le bruit se dresse sur son séant, ne trouve plus son aimé(e) à sa place dans le lit, allume et aperçoit une forme gisant sur le tapis, parfois ensanglantée. Elle – il – appelle le SAMU et une très lourde et très coûteuse machine se met en route : hospitalisation, examens aussi multiples que douloureux, aussi dangereux qu'inutiles, car le petit malaise de départ était sans importance. Il n'est pas rare de voir certaines personnes rester un mois à l'hôpital et en ressortir déprimées. Ces chutes nocturnes malencontreuses représentent une proportion considérable des appels en urgence.

Nous avons parlé des crampes banales, mais il est des crampes qui traduisent une pathologie grave : vasculaire (artérite) ou neurologique (névrite). Le – la – conjoint(e) devrait insister en cas de crampes récurrentes pour que son aimé(e) consulte un médecin.

Pour éviter un malaise en se levant

Si vous devez vous lever la nuit, agissez en trois temps.

- **Asseyez-vous dans le lit trois minutes.**
- **Puis asseyez-vous sur le bord du lit, pieds au sol trois minutes également.**
- **Enfin, mettez-vous debout lentement.**

Si vous sentez le moindre étourdissement, asseyez-vous à nouveau. Vous épargnerez ainsi bien des frayeurs à votre partenaire. Cette multiplication des mouvements a pour but d'éviter une baisse brutale de l'irrigation sanguine du cerveau sous l'effet de la pesanteur lorsqu'on se met debout ; d'autant que la nuit, la tension artérielle est basse.

6. Le lit à deux places

Ses avantages

C'est le lit qui permet réellement de dormir à deux. C'est une spécialité française à telle enseigne qu'on le nomme dans les pays étrangers, où l'on utilise les lits jumeaux, le « lit français ». Il présente des avantages et des inconvénients. Son principal avantage est d'offrir la plus proche et la plus dense des intimités. Celle que recherchent et dégustent avec ferveur, voire frénésie, les amoureux dès leur rencontre, celle dont on ne se lasse jamais tant qu'on est amoureux. Et cette intimité complice apporte tout ce dont on rêve : elle comble toutes les facettes de la sensualité (l'odorat, le toucher, etc.), elle constitue un bain de tendresse, elle réveille toutes les potentialités érotiques. Tout cela au coucher aussi bien qu'au réveil ou au cours de la nuit. Ainsi, le lit à deux places est un océan de bien-être.

Ses inconvénients

Ils résident dans le fait que les comportements gênants que nous avons exposés précédemment (voir p. 133) sont particulièrement ressentis dans un lit à deux places. Mais d'autres réalités sont à prendre en compte et à amender pour que ce lit reste un lieu idyllique.

• Les petits inconforts. Glisser l'un sur l'autre et « s'écraser » réciproquement sans le vouloir : autant il est supérieurement agréable de se nicher l'un contre l'autre, de s'imbriquer, autant il est gênant, quand on souhaite s'écarter quelque peu, de sentir l'autre vous presser involontairement. Pour éviter cet inconvénient, il faut disposer d'une bonne literie comme nous l'avons déjà indiqué. Autre petit inconfort : tirer les couvertures à soi, laissant son compagnon découvert ; pour prévenir ce léger désagrément, il suffit de bien fixer les couvertures du côté du partenaire découvert ; les « border » serré, voire y coudre un carré de tissu dont on enfoncera l'autre extrémité profondément sous le matelas. On peut, au lieu de coudre, utiliser des attaches Velcro®.

• Les pratiques anticommunautaires. Les lectures tardives et les soirées télé prolongées constituent de malheureux usages du lit à deux places et une mauvaise hygiène de vie. En ce qui concerne la télé, nous en avons déjà dit les inconvénients ; ajoutons que la fatigue nerveuse qui résulte de ces soirées cathodiques est cause de la méforme du lendemain. Il faudra bien un jour que les chaînes de télévision cessent de croire que les gens sont stupides et qu'elles programment des émissions qui honorent l'intelligence à des heures normales. Pour ce qui est des lectures tardives, quand le besoin en est irrépressible, qu'elles se passent au moins sous un éclairage très focalisé.

• La désensibilisation du toucher. Le fait d'être en contact chaque nuit avec la peau du partenaire durant des années n'aboutirait-il pas à une désensibilisation du toucher ? Autrement dit, cette surface cutanée qui nous ravissait quand elle était peu accessible ne nous deviendrait-elle pas indifférente quand elle est accessible en permanence ? Et le lit à deux places, en procurant un contact automatique huit heures par jour, ne nous ferait-il pas verser dans ce qu'il y a de pire pour le couple car il tue le désir : la banalisation des sensations ?

Chez les amoureux éternels – ô les bienheureux ! – le risque n'existe pas, ils se coucheront avec autant de bonheur quarante ans après s'être rencontrés. Chez les autres, le danger est réel et rejoint le problème de la banalisation des corps et de la relation, et au-delà celui de l'usure du désir. Il leur faudra prendre des mesures antiroutine et faire preuve de beaucoup de créativité pour sauvegarder la pérennité de leur couple. Par exemple, entretenir la désirabilité de leur corps (user de la nudité avec préciosité, ne pas négliger leur apparence, renouveler leur art érotique, etc.) et celle de leur personnalité (nourrir la communication, enrichir leur conscience, etc. ; voir p. 181-187).

Concrètement, pour réduire les inconvénients du lit à deux places, il faut qu'il soit de grande largeur, au minimum 1,60 m et qu'il soit fait de deux matelas indépendants, comme nous l'avons déjà dit. Ainsi, chacun peut choisir d'être tout contre ou à distance de l'autre ; et chacun échappe à la plupart des inconvénients. Si dormir ensemble dans le même lit s'avère réellement impossible parce que le sommeil de l'un est trop léger et les gênes occasionnées par l'autre trop importantes, les lits jumeaux seront adoptés. Mais l'un des lits sera assez large pour permettre les câlins et les ébats amoureux, pour permettre aussi de dormir ensemble quand cela se présente (ne serait-ce qu'un début de nuit) et enfin pour permettre de se retrouver le matin. Autrement dit, pour s'offrir les moments merveilleux du partage du lit : l'endormissement et le réveil.

Lit et autonomie

Une fois passée la période fusionnelle des débuts, le besoin d'une certaine autonomie apparaît chez les conjoints. Ce besoin correspond à une nécessité d'affirmer sa personnalité, de faire des recherches personnelles, de réaliser ses talents et d'accomplir ce pour quoi on est fait. Même si, par ailleurs, le couple peut être une source d'évolution, il n'en faut pas moins faire un chemin individuel dans des séquences de solitude. Ce qui demande d'avoir du temps et un espace à soi. Cette attitude n'est aucunement hostile à l'autre ni contraire à l'amour : ce que l'on fait sans l'autre, on ne le fait pas contre l'autre. Mieux : les progrès, les enrichissements et les accomplis-

Faire chambre à part

Il faut aborder cette pratique sans préjugés, sans excès de romantisme, sans défaitisme et sans dramatisation. C'est parfois la seule solution lorsque des gênes conséquentes sont apportées par un conjoint (dans ce cas, il faut toutefois prévoir un système d'appel d'une chambre à l'autre). Ce peut être aussi la solution choisie pour sauvegarder la fraîcheur des relations sensuelles et pour respecter le besoin d'autonomie de chacun. De toute façon, le meilleur sera gardé : les câlins du soir, du matin et même de la nuit (ô divine surprise) ; et la possibilité de nuits communes complètes. Sans oublier les siestes. Tout sera possible, sauf la routine. Ce modus vivendi sera le résultat d'une négociation où chacun fera preuve de compréhension et de générosité, négociation qui pourra toujours être reprise.

sements bénéficieront à l'autre et au couple ; inversement, tout obstacle à ce besoin légitime sera préjudiciable au couple : étouffé, frustré, appauvri, emprisonné, celui à qui l'on refuse de l'« air » nourrira un ressentiment croissant pour son geôlier et le couple périclitera.

Pour respecter le besoin d'autonomie dans le cadre du couple, il faut distinguer, comme on l'a déjà vu, l'intimité commune (qui comprend la vie quotidienne, les échanges affectifs et érotiques et les cocréations) et l'intimité personnelle (qui consiste à s'occuper de soi et à avoir des activités qui ne concernent d'abord que soi, dans un temps et un lieu individuels). Au cours de la journée, cette organisation peut être facilement agencée. Il n'en va pas de même le soir, au moment de se coucher. À l'orée des draps, la dialectique vie commune et autonomie se trouve comme au pied du mur. Classiquement et officiellement, il n'y a pas de problème : si on s'aime, si on est marié ou concubin, on dort ensemble, ce qui veut dire dans le même lit à deux places où la plus serrée des intimités communes est incontournable. Alors que peut faire celui ou celle qui, un soir, se sent un besoin d'autonomie ?

Quand on est amoureux, répondent l'opinion publique et le partenaire en écho, la question ne se pose pas. Ce qui n'est pas juste car on peut aimer et vouloir être seul par moments. Le besoin d'autonomie n'est pas contraire à l'essence de l'amour véritable. Tout ira mieux lorsque le partenaire cessera d'interpréter de travers le souhait d'isolement, arrêtera de se sentir moins aimé, voire abandonné, et ne dramatisera plus la situation. Il lui faudra, pour y arriver, comprendre que son conjoint est une personne différente, que son besoin de se recentrer sur soi est légitime, qu'il ne concerne que lui et ne remet pas en question leurs liens ; il faudra aussi qu'il travaille sur ses peurs (peur de l'autonomie, peur de l'abandon, etc.). Tout ira mieux aussi lorsque le partenaire qui souhaite s'isoler saura faire comprendre à son conjoint que son amour pour lui n'est pas en cause, lui réaffirmera son attachement, lui témoignera le soir même et le lendemain des marques d'intérêt et une attention soutenue.

Alors, on pourra sereinement reposer la question : que peut faire celui qui un soir se sent un besoin d'autonomie ? Plusieurs solutions existent, elles seront choisies en concertation avec le partenaire :

— dans l'espace du lit même, s'accorder un micro-espace personnel, en restant à distance de son conjoint ; ce sera plus aisé si le lit est large (1,60 m et plus), les matelas doubles, les éclairages unidirectionnels et s'il existe des écouteurs individuels ;

— avant de gagner la couche commune, se réserver un temps personnel dans une autre pièce, salon ou, mieux, pièce privée (bureau, atelier, etc.) où l'on pourra s'adonner à une activité bien à soi ;

— opter pour les grands moyens : dormir une heure, une demi-nuit, une nuit, quelques nuits dans sa pièce personnelle. Ce qu'on appelle couramment avec une nuance de tristesse, de résignation, voire de réprobation : faire chambre à part. Mieux vaudrait dire « faire son recentrage », puisque le fait est heureux et fécond. Car ces séparations épisodiques vespérales ou nocturnes auront des retombées positives. D'une part, elles permettent d'apprécier plus encore l'intimité : après quelque temps de solitude, quel bonheur de retrouver la tendresse de la personne aimée et son corps chaud et doux. D'autre part, elles font du dormir à deux un choix et non une obligation ou un acte de routine : « Je dors avec toi par inclinaison et non par contrainte. Nous ne sommes pas des condamnés de draps communs[1]. »

Reste à savoir que la fréquentation des humains n'est pas de tout repos, même celle du plus proche : notre partenaire. L'être est fait de paradoxes : il voudrait être autonome et a besoin d'altérité ; il est individualité et a le désir d'autrui ; il aimerait être seul et être avec. Les aspects contraires s'expriment parfois en même temps et on a l'impression de ne pas savoir ce que l'on veut, mais le plus souvent ils s'expriment tour à tour, chaque pôle procédant par poussées périodiques. Chaque partenaire porte ses contradictions dont les pôles alternent également. Il peut donc arriver un jour que se retrouvent face à face deux partenaires en opposition : l'un a besoin d'être seul et l'autre a besoin de présence ; l'un a besoin de distance, l'autre de proximité ; l'un de silence, l'autre d'échange ; l'un de posséder, l'autre d'être libre ; l'un de faire l'amour, l'autre non. Celui qui est en demande, s'il n'est pas exaucé, peut se sentir délaissé, rejeté, mal aimé. Et celui qui est sollicité peut se sentir étouffé, assailli,

1. Jacques Salomé, *Jamais seuls ensemble. Comment vivre à deux en restant différents ?*, Éditions de l'Homme, 1995.

poursuivi. Ainsi va la dialectique entre vie communautaire et autonomie.

En posant de façon incontournable les problèmes de la vie commune, dormir à deux implique l'apprentissage de l'art de communiquer et, plus généralement, de l'art d'aimer. Nous y reviendrons.

Quatrième partie

Rêver ensemble

1. De l'importance des rêves pour soi et pour le couple

« Ce ne fut qu'hier que nous nous rencontrâmes en un rêve. Vous avez chanté pour moi dans ma solitude et de vos aspirations j'ai bâti une tour dans le ciel… Si dans le crépuscule du souvenir nous nous rencontrons à nouveau, nous nous entretiendrons ensemble et je vous chanterai un chant plus profond. Et si nos mains se rencontrent en un autre rêve, nous construirons ensemble une autre tour dans le ciel… Dans le silence de la nuit, j'ai marché dans vos rues et mon esprit est entré dans vos maisons. Oui, je connaissais votre joie et dans votre sommeil, vos rêves étaient mes rêves[1]. » Ainsi chantait Khalil Gibran. Dormir à deux, c'est aussi rêver à deux ou au moins rêver côte à côte.

Solitaires ou solidaires

À première vue, rien n'est plus personnel que le rêve : c'est le règne de l'inconscient, ce moi profond qui contient les subpersonnalités, les souvenirs marquants, les peurs, les blessures, etc. Chacun a un vécu qui lui est propre. Et chacun rêve pour soi, rêve de son côté. Et c'est tant mieux ! Trop de gens vivent les relations de couple en se décentrant d'eux-mêmes, en aspirant à ne faire qu'un avec l'autre ou, complètement soumis, en ayant renoncé à leur personnalité. Dans ces cas, la vie onirique constitue la part d'eux-mêmes qui n'appartient qu'à eux, qu'ils ne peuvent céder et qu'on ne peut saisir. Toutefois, il ne faut pas conclure de la nature foncièrement personnelle des rêves à une solitude radicale des rêveurs.

Déjà, de vivre ces séquences oniriques si étroitement unis de corps, de cœur et d'âme, adoucit l'apparente

1. Khalil Gibran, *Le Prophète*, J'ai lu, 1995.

solitude. Il n'est pas indifférent de s'embarquer pour le pays des rêves en compagnie de l'être aimé. L'embarquement est plus agréable et plus confiant. On sait que si quelque tempête cauchemardesque ou si quelque cyclone voluptueux survenaient, l'autre pourrait nous apaiser ou nous satisfaire. De toute façon, ce conjoint, on ne le perd pas de vue. Première personne de notre vie diurne, il est souvent aussi le premier personnage de nos rêves. Avec lui, avec elle, on y revit les joies et les difficultés du jour, mais vues sous un angle original, voire extravagant. Et s'il, si elle, nous parle, ce n'est pas comme dans la vie quotidienne. Si bien que les rêves peuvent apporter beaucoup à la relation de couple : des mises en garde, des solutions nouvelles, sans oublier la réalisation des désirs, sexuels entre autres, où le rêveur trouvera non seulement un soulagement de ses tensions, mais aussi l'esquisse d'autres façons de faire. Les rêves, parce qu'ils ne sont pas de simples *remakes* de la vie éveillée, mais des versions nouvelles, nous proposent des voies inédites.

De plus l'inconscient a des vertus magiques qui, comme nous le verrons (p. 168), dépassent les limites de notre moi et les distinctions entre passé et futur. Grâce à la télépathie, par exemple, pensées, émotions et vibrations se communiquent et se partagent entre les inconscients des dormeurs. C'est pourquoi on peut parler d'union d'âmes autant que de corps.

Connaître l'importance des rêves

Le rêve, on ne s'en persuadera jamais assez, est, dans notre vie, un phénomène des plus importants et des plus fabuleux. Chaque nuit, un adulte fait 6 à 8 rêves, de 10 à 20 minutes chacun. Nous passons donc, en moyenne, 100 minutes de notre temps nocturne à rêver. Chaque année, nous faisons donc environ 2 500 rêves. Au cours d'une vie de 70 ans, nous produisons au total 175 000 rêves. À première vue, les rêves ne sont que défilés d'images extraordinaires, voire extravagantes, les unes agréables, les autres terrifiantes. En réalité, elles ne sont pas dépourvues de continuité, ni de cohérence, ni même de logique. Ce sont des histoires qui ont une signification et sont même porteuses de sens : elles révèlent, certes de façon sibylline, toutes les dimensions de notre être et nos liens avec l'univers ; elles peuvent contenir la solution de nos problèmes ; elles sont capables de nous faire évoluer et de nous transformer en profondeur. Des données objectives nous démontrent le rôle capital des rêves : la consommation d'oxygène et le débit sanguin du cerveau sont aussi importants pendant le sommeil paradoxal qu'à l'état de veille !

Le temps des mages et des prophètes

L'importance du rêve est attestée par l'intérêt majeur que lui ont porté toutes les civilisations primitives et antiques. Chez la plupart des peuples primitifs, on croit que, durant le sommeil, l'âme quitte le corps pour aller rencontrer les ancêtres et les esprits et recueillir leurs avis, puis revient les transmettre au vivant par le truchement des rêves. Dans tous ces peuples, les initiés (chamans, sorciers, druides et autres prêtres) voient dans le rêve un moyen de relier la nature et le surnaturel, le monde de la vie et le monde des esprits. Ce « canal », ils l'utilisent dans le but d'obtenir de l'au-delà des conseils pour agir ici-bas et de l'énergie pour soigner. Pour eux, le rêve, au même titre que la danse et la transe, est une voie de communication avec l'invisible.

Dans l'Antiquité (à Babylone, en Égypte, en Grèce, à Rome, mais aussi en Inde et en Chine), on croyait que les rêves étaient des messages que les dieux adressaient aux humains pour leur dicter la conduite à tenir ou les avertir de dangers. Les décisions importantes, aussi bien au niveau des États que des individus, étaient prises en fonction de ce que révélaient les rêves. On s'inspirait aussi des rêves pour soigner. L'incubation, qui s'est pratiquée dans la plupart des civilisations et spécialement à Épidaure dans le temple d'Esculape, consistait à faire dormir le malade dans un sanctuaire, au pied de la statue d'un dieu : au cours de la nuit, ce dieu visitait en songe le patient qui, au réveil, racontait ses rêves aux prêtres. De la narration du songe, les prêtres déduisaient la thérapeutique.

Le bouddhisme accorde une grande importance aux rêves. C'est à la suite d'un rêve de la mère de Bouddha que des prêtres brahmanes lui prédirent la naissance d'un fils qui deviendrait le fondateur d'une philosophie universelle. Le parcours même de Bouddha, après qu'il eut fui la cour, fut guidé par cinq grands rêves qui le conduisirent à l'illumination, qui marque le début de sa vie de maître. Pour les Hébreux, c'est Dieu qui parle aux hommes à travers les songes, et particulièrement aux prophètes. Il leur fait part de sa volonté, leur donne des avertissements et leur révèle les événements à venir. La Bible abonde en rêves prophétiques. Jésus, lui, ne dit rien à propos des rêves, mais ses disciples, dans les Évangiles, rapporteront les songes survenus à des personnages de l'histoire du Christ. Ensuite, dans la chrétienté, le rêve va tomber en disgrâce et sera même réprouvé. Maintenant que le fils de Dieu est venu, il n'y a plus rien à annoncer, il n'y a plus qu'à faire confiance à Jésus qui s'occupe du destin de l'humanité. Dès lors, les rêves sont considérés comme une production du corps, cet instrument du péché, lui-même manipulé par le démon, comme le prouve leur contenu.

Mahomet, au contraire, accorde toute son attention au rêve, restant en cela fidèle à la civilisation pré-islamique et à la tradition biblique. C'est du reste par un songe qu'il eut la révélation de sa mission : l'ange Gabriel l'emmenait sur une jument en argent à Jérusalem ; de là il partait au ciel pour y rencontrer Adam, Jésus et les quatre apôtres. Le rêve restera un phénomène important dans le monde arabe. Les « clefs des songes » arabes sont parmi les plus réputées. En effet, toutes les civilisations anciennes ont établi des « traités des songes », sortes de répertoires codés qui donnaient la signification (prétendue) de chaque image apparue. Les traités assyriens et hébraïques furent également célèbres et sont encore consultés de nos jours. En Occident, dès le début de l'ère scientifique, la raison acheva de tuer le rêve. Pour Descartes, fondateur du rationalisme, les rêves ne sont que des productions mécaniques du cerveau, des sortes d'hallucinations sans doute nécessaires pour éviter la folie. Plus généralement, le rationalisme déprécie la notion de symbole. Alors, les autorités civiles relayent les interdits des autorités religieuses : le Code Napoléon (article 479) punit de cinq jours de prison l'oniromancie, c'est-à-dire la lecture des rêves (l'article ne sera abrogé qu'en 1994 !). Le rêve se réfugiera dès lors dans la littérature, la poésie, le roman. Il se maintint également dans la culture populaire. Les « clefs des rêves » y avaient toujours autant de succès.

Les temps modernes

En matière de rêve, la révolution part d'une œuvre fondamentale : *Die Traumdentung* (*L'Interprétation des rêves*) que Freud publia en 1900. Il commence ainsi : « Je propose une technique psychologique qui permet d'interpréter les rêves. Si on applique cette technique, tout rêve apparaît comme une production psychique qui a une signification et qu'on peut insérer parfaitement dans la suite des activités mentales de la veille. » Deux autres phrases extraites de son livre fondent sa thèse et révolutionnent la pensée : « Le rêve est l'accomplissement déguisé d'un désir refoulé » et « L'interprétation des rêves est la voie royale qui mène à la connaissance de l'inconscient[1] ».

1. Sigmund Freud, *op. cit.*

Tout est dit : l'importance majeure du rêve, la réalité de l'inconscient et l'avenir fabuleux de la psychanalyse, c'est-à-dire de la connaissance moderne du psychisme humain. En affirmant le rôle essentiel du rêve dans cette nouvelle science, Freud réconcilie les humains avec leur part nocturne, part ignorée et pourtant primordiale, en ce sens qu'elle est l'espace de leur inconscient. Pour Freud, le rêve a son origine dans l'inconscient et tout ce qu'il contient : les pulsions, les désirs, les fantasmes, les émotions, les souvenirs d'enfance, autant d'éléments douloureux ou honteux que la conscience a censurés ou refoulés. Le travail du rêve consiste à déguiser les forces obscures de l'inconscient en images plus acceptables afin de tromper la censure et de les faire accéder à la conscience. Pour explorer et interpréter les rêves, Freud a inventé la technique de la libre association qui consiste à dire, pendant la séance, tout ce qui vient à l'esprit. Le but est thérapeutique : libérer les désirs qui, refoulés, gâchent la vie des êtres en les empêchant de s'accomplir et en rendant leur corps malade.

Hélas, Freud a fait de la sexualité l'unique moteur des processus inconscients. De plus, il a considéré le rêve comme un messager du seul passé (et encore d'un passé limité à l'individu et à son enfance), sans penser qu'il pourrait également concerner le passé de la lignée généalogique et, au-delà, toute la mémoire de l'humanité. Sans penser non plus qu'il pourrait concerner le futur. Enfin, Freud, en voyant dans le rêve un produit mécanique du psychisme, n'a pu lui accorder la moindre transcendance. C'est Jung qui ouvrira l'inconscient à l'avenir et à la transcendance. Jung, en effet, a de l'inconscient une conception bien plus large. D'après lui, si le contenu du rêve est bien pulsionnel, il ne peut se résumer à la seule libido sexuelle : toutes les forces instinctives et les pensées primitives, que la civilisation a chassées du conscient, y ont trouvé refuge et participent à sa puissante énergie. Le rêve est alors la réalisation de tous nos désirs et pas seulement de notre pulsion sexuelle. De plus, pour Jung, les scènes, les images et les mots des rêves constituent des symboles chargés de sens à décrypter, symboles de portée universelle qui concernent toutes les forces vives de l'être et non la seule sexualité[1].

Enfin, pour Jung, le passé qui occupe l'inconscient ne se réduit pas aux réminiscences infantiles : il comprend aussi le passé fœtal (la vie du fœtus), le passé ancestral (l'histoire de nos ancêtres) et, au-delà, le passé archaïque qu'il appelle l'« inconscient collectif » : c'est un océan d'informations mémorisées au cours de toute l'histoire de l'humanité et provenant des expériences humaines depuis l'aube des temps. Cet héritage inné est commun à tous les humains. Gardien d'une histoire ancienne, l'inconscient collectif peut inspirer des rêves où figurent des éléments appartenant à une époque révolue. Gardien d'une histoire commune, l'inconscient collectif met en scène des rêves dont le scénario et les personnages se retrouvent dans les rêves de tous les êtres actuels ou passés, ainsi du reste que dans tous les contes des peuples présents, anciens ou primitifs. Ces histoires et personnages typiques et communs s'appellent des archétypes. Existant de tout temps et dans toutes contrées, les archétypes ont une signification éternelle et universelle. Ils représentent quelque chose de fondamental dans l'esprit humain. Pour toutes ces raisons, le rêve est une source de transcendance.

C'est pourquoi ne vous étonnez pas de trouver dans le tréfonds de votre âme et dans celui de votre aimé(e) des ogres et des princes charmants, des fées et des méchantes sorcières, des terrifiants dragons et des oiseaux-lyres. Chaque être est un relais de l'histoire perpétuelle des symboles. Ne vous étonnez pas non plus de découvrir en rêve des pays étrangers où vous n'êtes jamais allé, de

1. Carl-Gustav Jung, *L'Homme et ses symboles*, Robert Laffont, 1967 ; *L'Homme à la découverte de son âme*, Albin Michel, 1994.

vivre à des époques anciennes bien antérieures à votre naissance, d'y voir des personnes revêtues de costumes du passé et évoluant dans des décors de l'époque. Ces rêves dits généalogiques ou transgénérationnels n'ont rien à voir avec la réincarnation : ils relèvent d'une transmission génétique, ils constituent une résurgence d'un passé appartenant à un ancêtre. Ces informations pourraient être transmises par l'ADN de nos gènes.

Vous en êtes maintenant persuadé, le rêve n'est pas une suite absurde d'images bizarres et incohérentes, non conformes à la bienséance et indignes d'un être intelligent. C'est une plongée dans une partie de nous inconnue et vaste : notre inconscient. Rêver, c'est découvrir notre moi profond, notre vrai moi, c'est accéder à d'autres dimensions de soi-même. Comprendre ses rêves, c'est apprendre à se connaître et à s'ouvrir à l'univers. Ainsi, tandis que vous dormez à deux, vous parcourez côte à côte des terres inconnues et familières. Réjouissez-vous de recevoir en cette nuit tant de cadeaux et tant de messages venus de vous-mêmes et, au-delà de vous, de tous ceux qui vous ont précédés. Réjouissez-vous de les recevoir tandis que vous êtes enlacés. Réjouissez-vous car, parmi les trésors de l'inconscient, il y a ceux qui vous ont fait vous rencontrer et vous aimer. Et que vous partagiez déjà sans le savoir.

De fabuleux bienfaits

Quand vous connaîtrez les innombrables et fabuleux bienfaits des rêves, vous et votre aimé(e)irez vous coucher avec encore plus d'entrain. Et de savoir que vous allez vivre de concert de tels événements vous rendra plus complices que jamais.

Le rêve satisfait nos désirs

Rappelez-vous l'idée fondamentale de Freud : le rêve est la réalisation symbolique des désirs refoulés. Ainsi donc, les pulsions et les besoins barrés par la censure et rejetés dans l'inconscient peuvent émerger à nouveau et revivre symboliquement par le rêve. Certes, c'est une satisfaction virtuelle, mais il n'en résulte pas moins une décharge des tensions engendrées par la non-satisfaction des désirs et par les conflits intrapsychiques entre les désirs et la censure, ainsi qu'une atténuation des angoisses liées à ces conflits. Au total, le rêve contribue à un meilleur équilibre mental.

Le rêve compense nos manques

C'est un autre aspect du point de vue de Freud, bien mis en lumière par Jung. Le refoulement de nos désirs et l'inassouvissement laissent dans la conscience une impression de manque. Le rêve va combler ce manque : il transcrit en « images les pensées, penchants et tendances que la vie consciente ne met pas suffisamment en valeur », écrivait Jung[1]. De cette manière, nous allons vivre la nuit ce que nous n'avons pas vécu dans la réalité du jour. Cette compensation joue un rôle de soupape, nous mettant ainsi à l'abri de perturbations psychiques graves : les folies faites la nuit nous évitent d'en faire le jour.

Le rêve nous libère

Dans le rêve, nous échappons aux contraintes extérieures, aux stress, aux soucis, aux conflits, à l'angoisse. Et nous sortons des limites d'un monde clos, par trop rationnel. Le rêve, c'est ce qui rend supportable la condition humaine.

Le rêve est un accomplissement

Notre personnalité, selon Assagioli, un psychiatre italien, se subdivise en subpersonnalités[2]. Habituellement,

---

1. Carl-Gustav Jung, *op. cit.*
2. Roberto Assagioli, *Psychosynthèse, principes et techniques*, Desclée de Brouwer, 1997.

nous en renions la plupart pour ne laisser apparaître que celles pouvant être acceptées par les autres (parents, conjoint, enseignants, employeurs, etc.). Heureusement, le rêve va permettre à nos subpersonnalités reniées de vivre : elles prendront la forme des diverses personnalités et objets qui figurent dans le scénario. Ainsi, une autre fonction du rêve est d'autoriser nos parties rejetées à s'exprimer, fût-ce dans un langage symbolique.

Le rêve a un pouvoir créatif extraordinaire

« Selon mon avis, déclare Lin Yutang, un psychosociologue, les neuf dixièmes des découvertes les plus importantes du monde, aussi bien scientifiques que philosophiques, sont nées lorsque le savant, le philosophe, était recroquevillé dans son lit à 2 heures ou 5 heures du matin[1]. » De fait, la plupart des grands inventeurs, d'Archimède à Albert Einstein, en passant par Wagner, ont eu leur « révélation » au cours d'un rêve. Rien de mystérieux là-dedans ; tout simplement, l'inconscient constitue un réservoir géant d'informations mémorisées et possède une imagination fantastique dans lesquels le rêve puise sans retenue.

Le rêve permet la mémorisation

C'est au cours des rêves, c'est-à-dire du sommeil paradoxal, que nous fixons l'acquis des connaissances. La consolidation se ferait en trois opérations : tri des informations, élimination des informations inutiles et transfert sur la mémoire longue de celles qui sont importantes.

Le rêve constitue un retraitement des informations reçues

La nuit, le cerveau, coupé de l'extérieur, fonctionne sur lui-même, comme un ordinateur en « *off line* ». D'une part, comme on vient de le voir, il classe, élimine et

1. Cité par Pierre Fluchaire in *La Révolution du sommeil, op. cit.*

stocke les millions d'informations accumulées le jour. D'autre part, il les relie et les synthétise. Au total, ce traitement aboutit à une clarification et à une recomposition des choses apprises. C'est grâce à ce travail nocturne que l'on progresse dans l'apprentissage du piano sans pratiquer, par exemple.

Les rêves peuvent apporter une solution à nos problèmes

La nuit porte conseil, dit la sagesse populaire. De fait, vous l'avez souvent constaté : un problème que vous aviez ressassé plusieurs jours sans pouvoir le résoudre vous apparaît plus clair un beau matin et sa solution évidente, que ce problème soit affectif, familial ou professionnel. Parfois, l'issue apparaît d'elle-même sans que l'on ait réfléchi aux rêves intervenus ; d'autres fois, elle n'est livrée qu'après l'interprétation du rêve. On peut même induire la réponse onirique en formulant une suggestion au coucher : « Cette nuit, je vais trouver un autre moyen d'approcher de la solution de tel problème. » La demande doit être faite avec une tranquille confiance. Ce pouvoir quasi magique de nos rêves s'explique naturellement : notre cerveau travaille la nuit et, comme il n'est plus sollicité par les stimulations extérieures, il peut se concentrer sur notre inconscient, lequel a tous les atouts pour trouver une réponse originale : son imagination et sa créativité sont fantastiques. D'après Jung, sa mémoire colossale couvre non seulement la vie de l'individu, mais également l'histoire des générations précédentes et de l'humanité ; il se moque de la vraisemblance et de la bienséance ; il a le pouvoir d'anticiper l'avenir et peut donc tenir compte d'éléments imprévus. Enfin, il a une intelligence propre, un génie tel qu'il peut, combinant tous ses atouts, relier autrement les éléments épars pour fournir une synthèse originale qui s'avère une véritable révélation. Le rêve anticipe l'avenir

La précognition, c'est-à-dire la connaissance d'événements avant qu'ils n'arrivent, est un fait qui a été confirmé par de nombreux travaux – observations, expérimentations en laboratoire, telles celles du professeur Montague Ullman du Maimonides Hospital à New York[1]. Or, une étude statistique montre que 60 % des précognitions se situent dans les rêves, rêves dits prémonitoires ou prophétiques. C'est que l'inconscient possède une fonction prospective qui lui permet d'anticiper ce que le conscient n'a pas encore appréhendé, car il est branché sur le futur aussi bien que sur le passé. Rationnellement, on peut penser que l'inconscient a toutes les qualités pour mettre en œuvre des dynamiques propres qui se projettent vers l'avenir et esquissent ce qui pourrait advenir : sa puissance créatrice, l'ampleur de sa mémoire, son intelligence géniale.

Les pouvoirs paranormaux du rêve

Ce domaine est celui de la parapsychologie. On appelle phénomènes paranormaux ceux qui ne peuvent être captés par notre perception ordinaire du monde (à l'aide de nos cinq sens) et qui relèvent d'une perception « extrasensorielle » : la précognition, la clairvoyance et la télépathie sont des phénomènes paranormaux qui peuvent se révéler dans les rêves. Nous avons déjà parlé de la précognition. La clairvoyance, elle, est la vision de lieux et d'objets encore jamais vus par le sujet. De nombreuses observations montrent qu'il arrive que des gens voient en rêve une maison qu'ils découvriront ultérieurement. Quant à la télépathie, c'est une communication de pensée ou d'émotion qui ne passe pas par les organes des sens. Un cas est rapporté par le professeur Simon Monneret : « Une nuit, raconte une de ses patientes, ma fille, alors âgée de trois ans, dormait dans la chambre voisine, quand son cri me tira d'un

1. Étude citée par Erik Pigani dans « Rêves prémonitoires, notre don caché », *Psychologies Magazine*, n° 212.

cauchemar d'où je sortis tremblante et couverte de sueur. Je m'y étais vue courant sur la route qui conduisait à notre maison, poursuivie par un énorme monstre. Au moment où je faisais un dernier effort désespéré pour atteindre la porte et me réfugier à l'intérieur, le cri de ma fille m'avait ramenée à la réalité. "J'ai peur, maman, j'ai peur", sanglotait-elle. "Mais pourquoi ? De quoi as-tu peur ?" Elle hésita un instant avant de dire : "Je crois que c'était un ours[1]". » De nombreuses observations montrent également que deux personnes qui dorment ensemble peuvent avoir des rêves qui s'influencent réciproquement.

La transcendance du rêve

Tout se passe comme si, derrière le rêve, il y avait une intentionnalité, quelque chose qui aide le sujet à progresser, à être centré, cohérent, c'est-à-dire à suivre un axe au lieu de se laisser tirailler de droite et de gauche par ses désirs. « Le rêve, écrit Alfred Adler, est en relation avec le but que le sujet poursuit. Ses images, ses métaphores et ses symboles ont été choisis à dessein en vue de la poursuite sans relâche d'un but personnel[2]. » Cette intentionnalité ne serait autre que l'intelligence de l'inconscient, et les rêves les messages qu'il envoie au conscient pour ramener le sujet au but qui est le sien. Certains parlent, à propos de cette intentionnalité, de « guide intérieur » à qui ils reconnaissent une essence transcendante car elle tend à nous élever vers des buts supérieurs ; de fait, elle nous inspire souvent des rêves où figure une symbolique de spiritualité.

Quelle que soit votre position à l'égard de ces approches, restez ouvert aux rêves, prêt à y recueillir un avertissement ou un enseignement. Et soyez rassuré : même si votre conscience ne comprend pas vos rêves, ils n'en

---

1. Simon Monneret, *Le Sommeil et les Rêves*, Marabout, 1981.
2. Cité par Camille Izard in Yves Pélicier, *La Serrure et le Songe, l'activité mentale du sommeil*, Economica, 1983.

ont pas moins un effet sur votre psychisme et sur votre vie, car dans le seul acte de rêver un travail se fait.

La privation de rêve

L'importance du rêve est prouvée *a contrario* par les expériences de privation de rêve. Elles consistent à réveiller le dormeur chaque fois qu'apparaît sur l'électroencéphalogramme le tracé typique du sommeil paradoxal : le sujet confirme alors qu'il était bien en train de rêver. Si on le laisse se rendormir, il repart aussitôt dans un sommeil paradoxal avec rêves. Si on le réveille à nouveau et que l'on renouvelle ces réveils, on constate une multiplication des sommeils paradoxaux et des rêves jusqu'à l'« orgie ». On observe surtout la survenue de troubles psychiques : au bout de deux nuits s'installent une irritabilité, une hyperexcitabilité nerveuse, une anxiété croissante ; après plusieurs nuits apparaissent des signes de prépsychose qui obligent à cesser l'expérimentation. Au total, le rêve permet de résorber les stress, d'apaiser les conflits intrapsychiques, de régulariser l'humeur et de régénérer le cerveau. C'est vraiment un phénomène extraordinaire qu'il nous est pourtant donné de vivre toutes les nuits. Aussi n'est-il pas banal de se nicher contre son aimé(e) chaque soir : oui, ce temps que l'on va partager l'un près de l'autre est plus qu'un simple repos. Le savoir donne une autre valeur, une autre dimension à cette réunion. Car ce voyage fabuleux, ce n'est pas radicalement seul, chacun pour soi, qu'on va le faire, c'est dans le creux de l'autre devenu alors comme le bateau d'où part et où revient le plongeur et auquel il est relié en permanence. L'autre qui est aussi le coéquipier à qui on pourra confier ce qui nous a émerveillé ou effrayé. Prendre conscience qu'une telle aventure se partage ajoute à l'importance du dormir à deux.

2. Décrypter seul et à deux le sens de ses rêves

Avant d'interpréter ses rêves, il faudrait s'en souvenir. Or une personne sur trois dit ne pas s'en rappeler et plus précisément prétend ne pas rêver ; pourtant tout le monde rêve, de nombreuses expériences en laboratoire l'ont prouvé. On peut en conclure qu'en réalité certains se souviennent de leurs rêves et d'autres non. Pourquoi cette amnésie ?

L'oubli des rêves

À y regarder de plus près, cette amnésie pourrait cacher une résistance, c'est-à-dire un refus d'être confronté à des scénarios qui font peur :

— quand ils comportent des scènes horribles ou troublantes qui provoquent des émotions plus ou moins supportables ;

— pour ce qu'ils révèlent de nous-même et que l'on préfère ignorer : nos subpersonnalités considérées comme négatives (sottes, honteuses, cruelles, etc.) et que toute notre éducation n'a eu de cesse de réprimer et de culpabiliser.

L'oubli des rêves est une façon de nous protéger de cette part de nous réprimée et culpabilisée, et une façon d'effacer l'impact de cette descente dans notre moi profond, de cette rencontre avec nous-même. Pourtant, les rêves nous offrent la chance de prendre conscience de toutes nos facettes, de les intégrer et ainsi de nous réunifier. C'est un moyen fabuleux de progresser en conscience.

Il est une autre explication à l'oubli des rêves : c'est notre façon, le plus souvent abrupte, de nous réveiller et de nous lever. Un réveil brutal par un réveille-matin ou tout autre système violent casse le cycle du sommeil en cours, et plus précisément rompt le stade où nous étions. Ou bien nous n'avions pas encore atteint la séquence de sommeil paradoxal : dans ce cas, le réveil a empêché l'évolution vers cette séquence et les rêves qu'elle aurait produits. Ou encore nous étions en plein sommeil paradoxal, c'est-à-dire en pleine séance de rêve, et le réveil nous en a fait rater le dénouement. Or un rêve inachevé ne laisse pas ou peu de traces. Quant au lever trop rapide, alors que nous sommes à peine réveillés, il nous empêche de réfléchir sur nos rêves.

Comment se souvenir de ses rêves

Quelques mesures faciles à prendre vous permettront de vous souvenir de vos rêves :

— ayez de la considération pour votre vie onirique. Rappelez-vous cette foule de bienfaits qu'elle vous offre ;

— n'ayez plus peur de vos rêves, y compris de vos cauchemars. Ne vous laissez plus impressionner au premier degré par des images, fussent-elles effrayantes : positivez-les, abordez-les de façon constructive, cherchez-en le sens. Considérez qu'elles sont une aide que vous envoie votre allié, l'inconscient. Ainsi, vous apprivoiserez les différentes facettes de votre personnalité que les rêves vous révèlent au lieu de les renier ;

— efforcez-vous de respecter les cycles du sommeil de façon à vous réveiller non plus avant une séquence de sommeil paradoxal (ce qui annule le rêve) ou en plein dedans (ce qui le brise), mais plutôt après, quand le rêve terminé est encore tout frais. Pour cela, préférez le réveil spontané qui se produit toujours après une phase de sommeil paradoxal, c'est-à-dire à la fin d'un cycle ; et inversement, évitez, si possible, le réveille-matin et tout autre procédé brutal. Si vous êtes tenu de vous lever à un horaire précis, vous pourriez agir ainsi : au cas où vous seriez réveillé au petit matin, à la fin d'un cycle (c'est-à-dire après un rêve), alors même qu'il n'est pas l'heure de vous lever, ne cherchez pas à vous rendormir. Vous verrez, du reste, que vous serez moins fatigué à rester éveillé que d'avoir votre prochain cycle cassé. Si vraiment vous ne pouvez pas vous passer d'un système qui vous signale l'heure du lever, choisissez des modes progressifs : une musique qui croît doucement ou une lumière qui augmente lentement. Le mieux serait la combinaison des deux. Ainsi, au lieu d'être arraché brusquement du stade de sommeil où vous étiez, vous en émergerez en douceur, pouvant même achever le rêve que votre phase paradoxale vous offrait. On pourrait utiliser, ici, la lampe dite de « simulation de l'aube » que le Dr Avery, un psychiatre américain, a inventé pour soigner les « dépressions hivernales », liées à un manque de soleil ;

— profitez, le matin au réveil, des trésors de vos rêves. Restez un quart d'heure au moins au lit, immobile, yeux fermés, dans l'obscurité ou la pénombre, et le silence, niché contre votre aimé(e), et efforcez-vous de vous remémorer vos rêves. Puis allumez et notez de façon brève et brute ce dont vous vous rappelez.

La lampe Daymaker®

La lampe de chevet Daymaker, qui comporte dans son pied une horloge et un système électronique, s'allume à l'heure souhaitée et son intensité croît progressivement sur une durée de 1 h 30, comme le fait la lumière du soleil. Le réveil qu'elle produit est tout à fait semblable au réveil auquel notre cerveau et notre corps sont adaptés depuis toujours[1].

Vous pourriez aussi utiliser un magnétophone miniature. Plus tard, dans la journée, vous rédigerez éventuellement un journal plus complet. L'intérêt de telles notes est

1. David Servan-Schreiber, *Psychologies Magazine*, n° 203.

d'améliorer votre mémoire des rêves, de multiplier ceux-ci, de mieux en intégrer les enseignements. Ainsi s'accélérera le processus de votre transformation. Vous verrez également que ces notes, après quelque temps, vous permettront d'avoir une vue d'ensemble de votre vie, de constater l'évolution de vos rêves et, parallèlement, votre propre évolution, et de voir la justesse des avertissements de certains de ces rêves.

Interpréter les rêves

Chercher à comprendre la signification des rêves a pour but de permettre à chacun d'épanouir sa personnalité en repérant ce qui la bloque (des désirs refoulés, des culpabilités, etc.), en découvrant ses différentes facettes, en évacuant son trop-plein d'angoisse et de souffrance. On peut tenter d'analyser soi-même ses rêves, mais on ira plus loin avec l'aide d'un spécialiste. Si vous souhaitez travailler seul sur vos rêves, faites-le sur un mode méditatif : plongez dans votre rêve sans essayer de le comprendre rationnellement et sans vouloir à tout prix en tirer des informations concrètes pour l'immédiat. Laissez résonner en vous les émotions, laissez venir à vous les idées. Rappelez-vous aussi que les divers personnages (voire les animaux et les objets) des rêves représentent les différents traits de votre personnalité, les subpersonnalités. Sachez aussi revisualiser, au cours de la journée, un rêve qui vous avait laissé une impression pénible le matin, et faites-le sans crispation, sans tension. Et s'il reste obscur, attendez quelques jours : dans les nuits qui suivront, l'éclaircissement viendra, ainsi que l'issue.

En tout cas, n'allez pas feuilleter les divers ouvrages « clefs des songes », ils ne vous seront d'aucune utilité. Ce qui est à prendre en considération, ce n'est pas l'image en soi, c'est le rêveur, son psychisme, son vécu et sa situation actuelle. Et puis, pour chaque image, les divers dictionnaires donnent des significations différentes, voire opposées ; et pour une image, un même dictionnaire propose plusieurs interprétations, parfois contradictoires. Seul, vous ne pouvez faire le tri. Ce qu'il faut faire, c'est un véritable travail d'analyse, un travail quotidien sur les rêves de la nuit, un travail prolongé sur la succession des rêves et leur évolution, car les rêves s'affinent et se complètent au fil du temps. Si vous avez décidé de faire appel à un thérapeute pour interpréter vos rêves, sachez que ce spécialiste sera une aide mais qu'il ne fera pas le travail à votre place. Il jouera le rôle de facilitateur, parce qu'il a une grande connaissance des symboles et de la psychologie. Il vous éclairera sur la signification de certaines images, vous aidera à les relier à votre problématique (pour le choix d'un thérapeute, voir le numéro 197 de *Psychologies Magazine* (mai 2001) ou consulter le site www.psychologies.com).

Interpréter ensemble les rêves

Rêver ensemble, ce peut être aussi se raconter réciproquement ses rêves. Spontanément, du reste, on a envie de narrer à son conjoint les rêves qui nous ont marqués, qu'ils soient heureux, bizarres ou affreux. Faut-il faire plus et se raconter tous ses rêves, et même les interpréter ensemble ? Tous les raconter, à supposer qu'on en ait le temps, serait une erreur, même si les partenaires étaient tous deux de fervents chercheurs en rêve. Cette pratique risquerait d'aboutir à une véritable obsession. Quant à vouloir interpréter réciproquement leurs rêves, ce serait une double erreur. D'une part, seul un spécialiste possède les qualités requises pour assurer judicieusement cet exercice. D'autre part, il n'est jamais bon qu'un conjoint soit le thérapeute de l'autre (l'interprétation des rêves peut constituer une thérapie) ; le regard de l'amant(e) ne peut pas être un regard de thérapeute. Une relation thérapeutique donne trop de pouvoir au thérapeute, n'en déplaise aux praticiens, et trop de transparence au « thérapisé ». Or, ce qui entretient l'amour et le désir, entre autres, c'est la part de mystère de chacun : les inconnaissables facettes et l'inépuisable complexité de l'être. Une transparence absolue risque d'anéantir la curiosité du conjoint et son attirance. Or aimer, c'est aussi être curieux de l'autre. Pour ces raisons, je déconseille particulièrement les méthodes, conçues aux États-Unis, d'exploration en groupe des rêves, méthodes qu'on prétend pouvoir adapter au couple. Elles me semblent n'être que des jeux de société et le risque est grand d'interprétations sauvages avec leurs conséquences funestes pour le couple et les partenaires.

Au total, les conjoints peuvent raisonnablement se communiquer quelques-uns de leurs rêves et émettre une hypothèse interprétative si le narrateur le souhaite, en prenant bien garde de souligner que ce n'est qu'une hypothèse. Et qu'ils se demandent, quand ils le font, s'ils ne cherchent pas à amener l'autre à leurs vues, autrement dit à le manipuler ou même à prendre le pouvoir sur lui. S'il faut éviter d'adopter une position de thérapeute vis-à-vis de son partenaire, cela ne veut pas dire qu'on ne puisse progresser en conscience par la grâce d'une interaction au sein du couple. La plus belle définition de l'amour est sans doute celle de Scott Peck : « L'amour, c'est la volonté de se dépasser dans le but de nourrir sa propre évolution spirituelle et celle de l'autre[1]. » Un couple peut être une « pépinière » ou un « laboratoire d'évolution[2] ». À condition que chacun fasse ses recherches selon les méthodes qu'il a choisies, sans tenter de les imposer à l'autre. S'il peut contribuer à la progression de l'autre, c'est en étant lui-même un être en progrès. Être soi-même, c'est ce qui permet à l'autre d'« être » aussi.

---

1. Scott Peck, *Le Chemin le moins fréquenté. Apprendre à vivre avec la vie*, J'ai lu, 2000.

2. Jacques Salomé, *op. cit.*

3. Quand le rêve se fait cauchemar

Il arrive que les rêves s'accompagnent de comportements qui perturbent le sommeil du conjoint ou même mettent celui-ci en danger.

Les terreurs nocturnes

Elles provoquent force gesticulations et vociférations qui ne peuvent que réveiller et impressionner le partenaire. Ces frayeurs touchent 2,5 % de la population et concernent davantage les enfants. Le sujet terrifié crie, s'assied dans son lit, le regard exorbité. La scène dure de quelques secondes à quelques minutes. Il n'en restera aucun souvenir chez l'acteur.

La somniloquie, elle, consiste à parler à voix haute pendant le sommeil, sans donc en avoir conscience. Le phénomène survient aussi bien au cours du sommeil lent que du sommeil paradoxal. En général, l'incident est bref. Il peut être rare ou bien se répéter toutes les nuits. Dans ces deux cas, si les ennuis sont fréquents, il est nécessaire que le sujet adopte des mesures destinées à réduire sa tension nerveuse et psychique (voir p. 83-85).

Le somnambulisme

C'est un autre trouble nocturne susceptible de perturber le voisin de lit. Le dormeur, inconscient, déambule dans la maison ou l'appartement et exécute des gestes organisés mais automatiques : faire couler de l'eau, ouvrir le congélateur, ouvrir des portes ou des fenêtres, etc. C'est dire qu'il peut se mettre en péril. Le somnambule ne gardera aucun souvenir de ses pérégrinations nocturnes. Cet incident survient pendant les phases de sommeil profond (stade 3 et stade 4). Rare chez l'adulte, il concerne le plus souvent l'enfant avant la puberté. Les mesures préventives consistent, dans les cas où le phénomène se répète, à bloquer les portes et les fenêtres. Il n'y a pas de traitement particulier, ni préventif ni curatif. Toutefois, lorsqu'un adulte présente des crises renouvelées de somnambulisme, on peut soupçonner une perturbation psychique (une dépression par exemple) et il est alors préférable de consulter un médecin. Contrairement à ce que l'on dit, il n'y a pas de danger à réveiller un somnambule en promenade ; mais il est plus simple de se contenter de le surveiller car il ne tardera pas à se recoucher.

Les agressions nocturnes dirigées

Enfin, beaucoup plus graves, mais heureusement plus rares (bien que touchant quand même 1 % des dormeurs), les agressions nocturnes dirigées. Le sujet rêve qu'il est attaqué par un ennemi ou un monstre et prend son voisin de lit pour son agresseur ; il le combat alors de façon violente en lui portant des coups, voire en tentant de l'étrangler. Normalement, ce passage à l'acte est rendu impossible par l'atonie des muscles qui caractérise le sommeil. Mais ici cette inhibition musculaire ne se produit pas pour des raisons inconnues. Comme pour tous les phénomènes précédents, le dormeur ne se souviendra de rien. Sont sujets à de tels accès les hommes anxieux et dépressifs et particulièrement ceux qui sont la proie d'attaques de panique. Bien entendu, il faut demander l'avis d'un psychothérapeute.

Cinquième partie

Partager le meilleur

1. Partager les mots. La communication dans le couple

Pour bien dormir à deux, il faut bien s'entendre, avoir une bonne relation, autrement dit une bonne communication. Les bonheurs du soir sont conditionnés par ce qui s'est passé durant la journée. Il est difficile pour deux êtres qui se sentent incompris et hostiles de se retrouver dans un lit pour y partager la plus étroite des intimités et parcourir ensemble le pays du sommeil et des rêves.

L'importance de la relation

Si l'amour fonde le couple, en réalité c'est la qualité de la relation entre les partenaires qui le rend agréable ou non, vivant ou non, durable ou non. C'est donc de la relation que va dépendre l'harmonie du couple et sa pérennité. Même si un jour les sentiments s'émoussent quelque peu, les partenaires demeureront ensemble parce que, entre eux, les échanges sont valables et féconds. Chacun peut se dire et être entendu sans être jugé, dénigré, rejeté ; chacun peut compter sur une aide judicieuse ; et chacun s'enrichit sans cesse. Bien dormir à deux, comme bien vivre à deux, suppose que l'on sache comment rendre une relation heureuse : savoir communiquer, savoir gérer les conflits et partager le pouvoir sont les trois piliers d'une bonne entente.

Savoir communiquer

Communiquer, c'est échanger des paroles pour transmettre des émotions, des pensées, des interrogations, des souhaits, des demandes, des projets. J'ai bien dit échanger et non émettre, puisque communiquer, c'est « mettre en commun[1] », ce qui implique que chacun écoute autant qu'il s'exprime. Trop de couples ont des difficultés à communiquer vraiment, trop de partenaires se désolent : « Il ne m'écoute pas, elle ne me parle pas, il ne me comprend pas, elle a toujours raison... », etc. Rappelons encore (la pédagogie implique la répétition) les règles de base de la communication ; elles amélioreront considérablement vos rapports avec votre aimé(e) :

• Évitez les jugements, les reproches et les accusations. Et notez qu'ils commencent souvent par « tu » : « Tu es ceci, tu es cela, tu m'as fait ceci, tu m'as fait cela, c'est toi qui... », etc. Le plus souvent, le reproche est injuste. Il est vrai que l'accusation est la façon la plus efficace de culpabiliser l'autre et donc de le manipuler. Et la façon la plus ordinaire de se déresponsabiliser. Quoi qu'il en soit, cette attitude entraîne une réplique voire une riposte et c'en est fait du dialogue : le conflit est ouvert, la partie de ping-pong est commencée quand ce n'est pas le duel qui est engagé. Remplacez le « tu » par le « je », un « je » de positionnement et non un « je » narcissique, un « je » par lequel nous exprimons notre ressenti, notre réflexion, nos besoins, nos souhaits : « Je sens, j'éprouve, je pense, j'aimerais, je propose », etc., c'est la meilleure manière de sortir des reproches, de la culpabilisation de l'autre et de se responsabiliser[2].

• Abstenez-vous de tenir des propos négatifs. Ne jetez pas sans cesse vos soucis et vos déceptions sur l'autre : il n'est pas un vide-ordures. Lui confier ponctuellement vos ennuis est juste, déverser sur lui systématiquement vos lamentations est destructeur. Ces énergies négatives ont un effet délétère : celui qui les reçoit en sera conta-

---

1. Jacques Salomé, *Pour ne plus vivre sur la planète Taire*, Albin Michel, 1999.

2. *Ibid.*

miné et deviendra à son tour pessimiste, à moins qu'il ne s'en protège en fermant la communication.

Efforcez-vous d'écouter

L'essentiel, dans le dialogue, c'est de savoir écouter. Encore faut-il savoir entendre. D'abord entendre ce qui est dit, sans interpréter et sans déformer. Ensuite entendre tout ce qui est dit, c'est-à-dire sans retenir le seul mot ou la seule phrase qui, sortis du contexte, pourraient nous être défavorables. Enfin, entendre celui ou celle qui parle : sous ses mots parfois maladroits, sachons percevoir ses désirs, ses frustrations, ses inquiétudes.

• Soyez positif, parce que la vie offre autant de raisons d'espérer que de désespérer, parce que l'enthousiasme entraîne la confiance et la réussite, parce que même un échec peut être positivé pour peu qu'on lui donne un sens et qu'on en tire des leçons. On a plus à apprendre de ses défaites et de ses ennemis que de ses victoires et de ses amis. De toute façon, les énergies positives qui se dégagent sont des ferments de vie pour le couple.

Savoir gérer les conflits

Quoi qu'on fasse, des conflits surviendront, car ils font partie de la vie de couple. Selon qu'ils seront bien ou mal gérés, ils feront progresser la relation ou au contraire la mineront. Et les partenaires s'élèveront ou seront détruits. Les conflits non résolus laissent des blessures latentes et un cortège de sentiments hostiles : animosité, ressentiments, rancœurs, rancune. L'humeur des partenaires en est noire et leurs nerfs à fleur de peau. Tout cela est contraire à l'envie de dormir à deux et au désir. Quelques règles simples vous permettront de gérer les conflits et de limiter leurs effets négatifs :

— ne dramatisez pas : les conflits sont normaux entre partenaires ;

— oubliez la logique binaire qui veut que l'un ait raison et l'autre tort, et sortez de la distinction manichéenne qui veut que l'un est bon et l'autre méchant ;

— écoutez attentivement ce qui est dit et entendez ce qui est dit vraiment ;

— ne prononcez pas de reproches, ne portez pas d'accusations en brandissant des « tu » ;

— ne faites plus de projection : ce que vous combattez chez l'autre, c'est votre côté sombre, ce que vous n'aimez pas en vous ;

— enfin, sachez recevoir les critiques sans vous lancer dans des justifications mêlées de contre-attaques. Au contraire, accueillez-les. Elles sont une occasion de vous interroger sur votre part d'ombre, d'évoluer spirituellement. En plus, votre réflexion aura pour effet de neutraliser instantanément le conflit. Dans les jours qui suivent, vous pourrez aborder plus calmement les causes du différend et trouver une solution[1].

Pour en savoir plus sur la communication dans le couple, vous pouvez consulter *L'Écologie de l'amour*[2].

Le lit, lieu de parole

Pour tout ce qui n'est pas conflictuel (les échanges affectifs, les confidences, les évocations du passé, les souhaits concernant l'avenir, etc.), la chambre et le lit, qui rapprochent les aimants et les isolent des autres membres de la famille, sont les lieux privilégiés du dialogue. En est-il de même quand il s'agit de résoudre des difficultés et des conflits ? Si les tensions sont grandes et les oppositions aiguës, mieux vaut les aborder dans une autre

1. Paule Salomon, *La Sainte Folie du couple*, Albin Michel, 1994.
2. *Op. cit.*

pièce (bureau, salon, etc.), afin que la chambre et le lit restent des lieux d'harmonie et de calme, chargés d'énergies positives. Il faudra les aborder hors de la présence de tiers (des enfants en particulier) et à une heure non tardive, de façon à ne pas perturber le sommeil. Si on n'a pu (ou pas voulu) s'entretenir du problème avec le partenaire ou si on n'a pas pu trouver une solution, il faut convenir d'une trêve en formulant quelques mots : « J'ai eu mal », et non « Tu m'as fait mal » ; « Je voudrais qu'on en parle, mais auparavant il me faut décanter. Ce soir je voudrais qu'on dorme bien. Je te propose un armistice. » Ces quelques mots éviteront d'avoir à se supporter au lit dans un non-dit pénible, un gros poids sur le cœur.

Quant à la réconciliation sur l'oreiller, nous l'avons déjà dit, elle peut être la solution des petites disputes, mais elle ne résout rien. Le fond, quand il s'agit d'un conflit sérieux et durable, il faudra bien l'affronter un jour. Rien n'est pire que le non-dit : les « Faisons comme s'il ne s'était rien passé », les « Tournons la page » ou « Passons l'éponge » ne font qu'accumuler les ressentiments et aggraver les problèmes qui finiront toujours par réapparaître. En revanche, les vraies réconciliations qui suivent la solution d'un conflit apportent un regain de proximité, de désir et d'énergie. La fin des hostilités fait tomber les répulsions et chuter la tension psychique. La nuit qui suit une réconciliation est parmi les meilleures nuits d'amour, de désir et de sommeil.

Parole et sexualité

Ici plus que jamais, le langage est bien la meilleure et la pire des choses. La meilleure quand il permet de dire à son partenaire ce qui est bien afin de l'encourager à toujours bien faire, de dire ce que l'on souhaite afin de lui permettre de vous l'offrir ; enfin de dire ce qui ne va pas de façon à ce qu'il s'évertue à faire mieux. Autrement dit, il est bon de parler du plaisir ressenti et de l'accompagner d'exhortations brèves (« Oui, oui, oui, continue », etc.) ; bon de parler de ce qui pourrait améliorer votre plaisir, guidant de la voix la main et les mouvements de votre partenaire (« Plus haut, plus fort, plus doucement... ») ; bon de parler pour faire connaître ce que vous aimez, telles des caresses précises ou des positions rêvées ; enfin bon de parler pour dire vos insatisfactions et vos difficultés afin de pouvoir les résoudre.

Parler ainsi d'amour, c'est très complice, c'est très érotique, c'est déjà et encore faire l'amour. On peut aussi en parler après. Après, ça peut être tout de suite ; ça peut être aussi le lendemain ou quelques jours plus tard, au coin du feu ou devant un bon dîner. Ces amoureux, à quelques tables de la vôtre, si proches, si attentionnés, devinez de quoi ils parlent ? Bien entendu, autrefois on ne parlait pas de ces choses-là, ni dans le lit ni en dehors. Ce sujet était tabou et la femme interdite de plaisir (à part à de rares époques où l'on croyait que, pour concevoir, il fallait que la femme jouisse au cours de l'acte). Toutefois, on pourrait penser que de nos jours tous les couples conversent aisément sur ce thème, or ce n'est pas le cas : une enquête de février 2000[1] montre que 40 % des partenaires ne parlent jamais de leurs difficultés sexuelles, 20 % très rarement et 29 % de temps en temps ; seuls 10 % en parlent souvent. Quant au plaisir, 15 % n'en parlent jamais, 16 % très rarement, 39 % de temps en temps ; seuls 29 % en parlent souvent. Ces chiffres sont étonnants. Comment autant de gens peuvent-ils se résigner à être insatisfaits ? Comment peuvent-ils ignorer ce que leur partenaire ressent ou sceller leur propre ressenti ? Cet extrême rapprochement que constitue l'union sexuelle n'implique-t-il pas une totale complicité ?

1. *Psychologies Magazine*, n° 183, p. 74.

À l'inverse, le langage peut être la pire des choses. C'est le cas de ceux qui parlent trop. Pendant l'acte, ils verbalisent excessivement, commentent, enjoignent, indiquent, technicisent et, finalement désérotisent l'échange. Alors qu'au plus intense, l'intimité n'a guère besoin de mots, toute la communication passant par le corps à corps, se faisant d'âme à âme. Après l'acte, ils se livrent à un véritable débriefing. Ils commencent par harceler leur partenaire de questions sur son plaisir (« Léger ? Fort ? Très fort ? Vraiment très fort ? » et « À quel moment ? À quel mouvement ? », etc.), c'est une forme de viol de conscience. Ensuite ils dissèquent la technique, le déroulement, les phases. Trop souvent, c'est plus pour se rassurer sur leur performance et s'arroger le titre de bon amant que pour connaître et améliorer le bonheur de leur partenaire.

2. Partager les bonheurs intimes

Tous nos sens participent au bonheur de la bulle d'amour : notre vue, notre ouïe, notre odorat, notre toucher et notre goût[1].

Bonheur en tous sens

La vue nous offre la joie de contempler l'être aimé. C'est elle, c'est lui que l'on a élu pour partager notre vie et spécialement les moments d'intimité. Se nicher avec elle, avec lui, a été notre souhait, notre désir dès que nous l'avons vu(e). Et sans doute a-t-on bercé un certain temps ce rêve avant de l'accomplir. Et ce soir, il est, elle est, offert(e) à notre regard. Nous admirons ses yeux qui, dès le premier jour, nous avaient retenu, captivé, et par lesquels nous étions entré d'emblée en elle, en lui. Et son sourire qui, à la première rencontre, nous avait apprivoisé, séduit, invité déjà. Et les traits de son visage, qui la – le – rendent belle – beau – et unique à nos yeux. Et ses cheveux à elle, étalés sur l'oreiller. Et ses larges épaules à lui, posées sur le drap. Et nous nous réjouissons jusqu'à exulter de pouvoir suivre du regard les courbes de son corps, ses hauts lieux et ses creux, sans qu'un geste de pudeur n'en limite la voluptueuse promenade. Plus généralement, on peut dire qu'ici l'occasion nous est donnée de contempler de l'extérieur, mais aussi de manière intime, l'Autre, un être humain si différent de nous mais aussi si semblable. Ses différences nous fascinent, ses similitudes nous rassurent. Et les manifestations visibles de son désir soulignent le vertige de l'altérité.

À notre oreille, la voix de l'aimé(e) s'est faite amoureuse. Douce, elle dit son bien-être ; basse, elle chuchote ses confidences ; fervente, elle épelle son amour ; osée, elle murmure ses demandes ; langoureuse, elle chante son plaisir.

---

1. Gérard Leleu, *L'Intimité et le Couple, op. cit.*

Dans le même temps, notre odorat s'exalte des bouquets de fragrances qui montent de l'aimé(e), exhalées de tant de pertuis, infusées dans tant de replis. Ces enivrantes molécules odoriférantes, les phéromones, sont sécrétées par diverses glandes cutanées (les glandes sébacées, sudoripares et apocrines). Des sites généreux les distillent : les cheveux, les aisselles, les seins, le pubis, le périnée, pour ne citer que les principaux. Les arômes sont des messagers du désir. La nature, en sa bonté, l'a voulu ainsi : les ayant captés, les récepteurs olfactifs s'empressent d'envoyer un signal à l'hypothalamus, centre des pulsions, et en particulier de la pulsion sexuelle. Et votre désir de redoubler. Beau désir, regain de vie, euphorie déjà. Mais le rôle des arômes ne s'arrête pas là : le signal olfactif est répercuté sur la zone limbique du cerveau, centre des émotions. Vous étiez en désir, vous serez en joie maintenant, car l'odeur a réveillé dans votre mémoire émotionnelle un bonheur d'antan : odeur de la peau d'un être autrefois aimé (mère, père, garçon ou fille approchés, amant, amante). Mais cela, votre inconscient le sait depuis votre première rencontre avec votre aimé(e) car, si vous partagez cette bulle et peut-être votre vie avec elle – lui –, c'est qu'olfactivement elle – il – vous avait attiré. Et qu'olfactivement vous lui aviez convenu. Et depuis le premier jour son odeur s'est associée à tellement de moments de bonheur et d'extase qu'elle est devenue ivresse par elle-même.

Alors enivrez-vous sans réserve des arômes de votre aimant(e) : prosternez-vous sur ses cheveux, sur ses aisselles, sur son pubis, sur tous ses encensoirs, et humez bien consciemment, inhalez profondément les parfums qui s'en exhalent. Non seulement vous sentirez votre délicieux désir grandir encore, mais vous ressentirez en plus une voluptueuse détente vous envahir. Telle est la magie de ces fragrances : elles apportent tout à la fois regain de désir et joyeux apaisement, euphorie et paix intérieure.

Un bain de peau

Par la vue, par l'ouïe, par l'odorat, vous baigniez déjà dans un flot de sensations. Toutefois, ce qui vous donnera une véritable impression d'immersion, c'est le contact de toute la surface de votre corps avec la totalité de la surface du corps de votre aimé(e). Dans la bulle d'amour, les peaux se touchent par toutes leurs facettes : par les visages, par les torses et les ventres, par les dos et les fesses, par les bras, les avant-bras et les mains, par les cuisses, les jambes et les pieds. Tout est collé, enlacé, entrelacé, intriqué, confondu.

La peau

Plus qu'un tissu d'emballage, c'est aussi, et surtout, un immense organe sensoriel dont la surface est de l'ordre de 18 000 cm^2. Organe sensoriel, car plus de 2 millions de récepteurs sensitifs y sont répartis. C'est au niveau des mains et des lèvres que la densité des récepteurs est la plus grande : la pulpe des doigts contient 135 capteurs au cm^2, contre, par exemple, 5 pour la peau du dos, qui est pourtant sensible. Ces récepteurs sont spécialisés : les uns sont sensibles au contact, d'autres à la douleur, d'autres encore à la température. Dans les zones hyper-érogènes (les seins et le sexe), il existe des capteurs de volupté[1]. En réalité, tous les récepteurs sensibles peuvent engendrer des sensations agréables, voire voluptueuses, pourvu que leur stimulation soit d'un registre adéquat, c'est-à-dire tempéré. Une stimulation douce ou moyenne des corpuscules tactiles (une caresse) détermine un plaisir, une stimulation trop forte (un pincement), une douleur. De même, une stimulation douce ou moyenne des corpuscules thermiques (une main chaude) sera agréable, une stimulation excessive (une brûlure par un objet) sera douloureuse également. Encore faut-il nuancer : un zeste

1. Gérard Leleu, *Le Traité des caresses*, J'ai lu, 1992.

de douleur, en dehors de toute pathologie sadomasochiste, peut être perçu agréablement, tels des pinçons ou des morsures de moyenne intensité.

Le plus souvent, c'est la combinaison de plusieurs sensations qui procure l'optimum de bien-être. C'est le cas de l'association entre les sensations tactiles et les sensations thermiques. Le contact d'une main chaude est un premier exemple. La bulle d'amour est l'exemple absolu : l'euphorie où baignent les amants provient autant de la chaleur qui émane des corps que des contacts. Toutefois, quel que soit l'agrément procuré par les sensations, le bonheur éprouvé ne peut s'expliquer par la seule sensualité, car la stimulation de la peau a bien d'autres conséquences heureuses, comme nous allons le voir : la satisfaction du besoin fondamental d'être touché, l'apaisement des tensions psychiques, le relâchement des tensions musculaires, un regain d'énergie, etc.

Être touché, un besoin essentiel

Il existe chez tous les êtres vivants (les humains comme les animaux) un besoin d'être touché, besoin biologique fondamental aussi important que le besoin d'air, d'eau et de nourriture. De multiples observations et expérimentations chez les animaux ont montré que le manque de stimulation cutanée perturbe la croissance des petits et peut même menacer leur vie. Chez les humains, de nombreuses observations auprès de nourrissons sevrés de contacts (bébés en orphelinat ou en hôpital, bébés en couveuse, etc.) révèlent également que l'absence ou l'insuffisance de contacts engendre des troubles de la croissance, du développement psychomoteur et une morbidité plus grande. Tout se passe comme si les sollicitations cutanées stimulaient les diverses fonctions vitales et participaient à l'équilibre psychique. Au total, on peut dire que le bien-être ressenti dans la bulle d'amour est lié à la satisfaction du besoin d'être touché, car cette bulle est bien la situation qui procure les plus fastueux contacts.

Les effets des contacts cutanés

Ces effets sont particulièrement denses dans la bulle. Sans doute sont-ils le facteur le plus important du bien-être ressenti, en exerçant :
— une action sédative : ils réduisent la tension nerveuse et le stress ;
— une action tranquillisante : ils apaisent l'anxiété ;
— une action antidépression : ils relancent la bonne humeur et la joie de vivre.
Ces bénéfices sont à mettre sur le compte des endomorphines que le cerveau sécrète dans les états de plaisir. L'enchaînement biologique est le suivant : l'excitation plaisante d'une zone cutanée engendre un influx nerveux ; celui-ci, après différents relais, va stimuler le système limbique du cerveau, centre du plaisir. Ce centre se met à sécréter des neurohormones du plaisir, dont les endomorphines, substances qui ont des effets tout à fait magiques : elles sont sédatives, tranquillisantes et stimulantes de la bonne humeur. Vous avez reconnu là les trois principaux effets des contacts énumérés ci-dessus. Ainsi donc, si la bulle constitue un vrai coin de paradis, c'est qu'elle est un véritable bain d'endomorphines.

Toutefois, on ne peut réduire l'impact psychique du toucher au seul phénomène biologique. Il y a aussi une explication psychologique : le contact entre les épidermes, et tout particulièrement les caresses, constitue un langage non verbal. La main qui caresse dit sa sollicitude, sa prévenance, son estime, son souci d'apaisement, son désir de protéger ; et elle « écoute » les réactions de l'être qu'elle touche, son émotion, son plaisir, ses aveux. Et de son côté, la peau qui reçoit perçoit ce que la main dit et y répond par d'imperceptibles vibrations et par des manifestations de tout l'être. C'est un véritable dialogue car la main ne peut tromper ni la peau se tromper : elles perçoivent bien le degré d'authenticité et de tendresse du partenaire. *In fine*, le contact, langage et don d'amour, met fin de façon on ne peut plus concrète et tangible à la solitude de l'autre. N'être plus seul, n'est-ce pas le summum du bien-être ?

Il est avéré que le contact de la peau, par caresse, pression douce, massage, etc., entraîne un relâchement des muscles tendus. C'est un phénomène réflexe : la stimulation d'une zone de peau provoque un influx nerveux qui gagne le segment de moelle correspondant, lequel envoie un ordre au groupe de muscles qu'il chapeaute, qui alors se détendent. Les contacts au sein de la bulle d'amour étant multiples, la détente musculaire s'étend à tout le corps. Ce relâchement est d'autant plus agréable que la plupart de nos muscles, à force d'être contracturés, sont devenus douloureux ; c'est en particulier le cas des muscles du cou (les trapèzes) et de ceux du dos. Le toucher engendre une re-énergisation du corps, il a donc une action défatigante. Pour comprendre cette action de recharge énergétique, il faut faire appel aux médecines orientales. À les en croire, la peau est parcourue de flux d'énergies qui circulent le long de vecteurs particuliers : les méridiens. La fatigue et, d'une façon générale, les maladies proviendraient d'une insuffisance d'énergie circulante ou de son blocage en certains points ; leur amendement s'obtiendrait par conséquent en stimulant la peau pour remettre en circulation les énergies bloquées. On peut se servir d'aiguilles : c'est l'acupuncture. Ou de la pulpe de ses doigts : c'est la digitopuncture. Pourquoi, dès lors, ne pas penser que les diverses stimulations cutanées provoquées par le corps à corps des amants, et spécialement par les caresses, agissent de la même façon ? Et qu'en plus il se produit des transferts d'énergie d'un partenaire à l'autre : transfert du plus tonique vers l'autre puis transfert en boucle. Cette re-énergisation liée aux échanges cutanés, cette action défatigante contribuent au bien-être de la bulle d'amour.

Les auras

Enfin, la proximité de l'autre fait que les auras de chacun s'interpénètrent. Sur un plan scientifique, la notion d'aura est plausible : chaque cellule, chaque organe ayant une activité électromagnétique (qu'on capte en pratiquant un électroencéphalogramme ou un électrocardiogramme), on peut penser que l'ensemble du corps est entouré d'une enveloppe électromagnétique.

Selon certains médecins, les radiations électromagnétiques issues du corps ne seraient pas les seules composantes de l'aura. S'y associeraient des radiations telluriques (venues du sol) et des rayonnements cosmiques. Ainsi, notre corps physique se doublerait d'un corps radiaire, énergétique, ce qui est conforme aux données modernes de la science : en effet, la matière, y compris le corps humain, est énergie, c'est-à-dire faite de particules en vibration. Dense au cœur du corps physique, cette matière est « poudreuse », invisible et impalpable autour de lui. L'existence de ce halo suffirait déjà à donner quelque attrait supplémentaire au dormir à deux : se blottir dans le champ magnétique de l'aimé(e), n'est-ce pas fabuleux, voire magique ? Et par « attrait », j'entends aussi « attraction », car sans doute des phénomènes électromagnétiques participent à l'« attirance » qui réunit les deux aimants.

L'effet Kirlian

En 1937, Semyon Kirlian, un ingénieur russe, a montré que des corps vivants soumis à des courants de haute fréquence et de haute tension émettaient des radiations qui pouvaient impressionner des plaques photographiques. On découvrit alors sur les clichés que le corps humain était entouré d'un halo de lumière. Aujourd'hui, certains médecins utilisent la lecture de l'aura pour établir leur diagnostic.

Pour ceux qui aimeraient se représenter plus précisément la « douce atmosphère » où ils s'introduisent chaque soir, voici comment la décrivent les chercheurs modernes : l'aura est constituée d'une double enveloppe bioénergétique[1], l'une à 5 cm du corps, l'autre à 50. Celle-ci serait ovale et structurée comme le champ magnétique terrestre avec des pôles. Le pôle supérieur est situé au-dessus de la tête, le pôle inférieur sous les pieds ; son axe passerait par les centres nerveux (cerveau, moelle épinière) et le nerf sciatique. Ces enveloppes sont à la fois le reflet des énergies émises, le réservoir des énergies reçues et une protection. Les Orientaux et les chercheurs occidentaux en ésotérique ont une conception beaucoup plus élaborée des auras. Selon eux, le corps physique se double de trois corps « subtils » :

— le corps « éthérique », reflet de la vitalité du corps physique ;

— le corps « astral », émanation des émotions de l'être mais aussi constitué de « matière astrale » ;

— le corps « mental », fait de nos pensées mais également de la conscience spirituelle universelle. C'est pourquoi il est aussi appelé « corps de lumière ».

Bien avant la physique moderne, ces chercheurs affirmaient que la matière et l'esprit étaient énergie. Si l'on adopte leur point de vue, on peut dire que dormir près de son aimé(e) – et *a fortiori* réaliser l'union « sexuelle » –, c'est mêler les énergies corporelles, spirituelles et cosmiques de chacun et emprunter une voie sacrée.

Raffiner les contacts : caresses et baisers

Puisque les contacts cutanés apportent tant de bienfaits, profitons-en et tirons-en la quintessence : c'est ce que permet l'art des caresses. Nombreux sont les

---

1. Jean-Pierre Vinas, « Pratique corporelle », *Bulletin de la Société française d'éducation et de rééducation psychomotrice*, n° 64.

« instruments » de la caresse : la main, certes (nue ou par l'entremise d'une plume ou d'un foulard de soie), mais aussi la bouche, le menton, le front, la tête, les cheveux, les épaules, les coudes, les seins, les genoux, les pieds, etc., peuvent offrir de très belles et bonnes caresses à la peau. Innombrables sont les sites où les caresses peuvent se dispenser. Il n'est pas un coin de peau qui ne se réjouisse d'une visite plus ou moins prolongée. Quant aux muqueuses, ces parements de peau repliée dans les orifices naturels tels la bouche et le sexe, elles jubilent aussi sous les caresses. Plus innombrables encore sont les sortes de caresses. C'est à la créativité et à la sensualité de chacun d'inventer les mouvements, les parcours, les pressions et les tempos.

J'ai décrit en long et en large l'art des caresses dans un ouvrage bien connu maintenant[1]. Ici, je voudrais juste dessiner quelques délicatesses qui conviennent particulièrement aux alentours du sommeil, à ces moments délicieux où la conscience flotte entre deux eaux : l'endormissement vespéral, l'engourdissement des réveils nocturnes et la douce émergence matutinale.

Tandis que le sommeil gagne, les mains aiment rejoindre une partie du corps de l'autre et la tenir précieusement et délicieusement. C'est, par exemple, le sein que l'on empaume, tandis que les corps s'imbriquent. Et, quand nuitamment on se réveillera, la main se réjouira de sentir la merveilleuse rondeur tandis que les corps intriqués tressaillent. Et si la merveille s'était perdue parce que les corps s'étaient écartés, quel bonheur pour la main de rechercher et de recevoir à nouveau ce trésor. Et quelle félicité pour le globe de se nicher dans la coupe brûlante. J'ai parlé du sein, j'aurais pu également parler de l'épaule ou du torse ou de la taille ou

1. Gérard Leleu, *Le Traité des caresses, op. cit.*

du ventre, sans oublier la fesse, la cuisse, les genoux, et, ô délice suprême, le sexe.

Bien que l'on considère fort injustement les pieds comme plus bêtes que les mains, ils sont capables de touchantes tendresses. Souvent, pendant que les corps s'alanguissent, les pieds se rapprochent, se joignent, s'effleurent, se caressent (sous la plante, sur le dos, sur les bords). Et quand le sommeil vient, ils s'immobilisent côte à côte. Mais si, dans le fil de la nuit, un réveil intervient, les pieds qui peut-être s'étaient séparés se retrouvent instinctivement, et dans une demi-torpeur se frôlent, se réjouissent et, complices, se posent ensemble quand le sommeil revient. Il y a dans les subtiles caresses des pieds tant de gentillesse et de complicité qu'elles en disent plus qu'un long poème d'amour.

Le baiser, en ces instants, prend une autre allure. Il n'est plus assaut carnivore et dévoration fougueuse comme lorsque le désir s'emballe. Tête posée, corps décanté, esprit apaisé, le baiser, ici, est douce apposition des lèvres. On peut les laisser ainsi exquisement accolées, voire même comme en suspens à quelques millli-mètres les unes des autres. On peut aussi les gratifier d'un lent et subtil lèchement de la pointe de la langue : mouillée, elle suivra l'ourlet pulpeux des lèvres aimées et même en lissera le versant interne. Non point pour les exciter, mais pour confirmer à l'autre, si besoin était, que l'on est au plus près, à fleur d'âme. Peut-être, dans un demi-sommeil, vous répondra-t-elle (il) en touchant de la pointe de sa propre langue le pointu de la vôtre. Juste pour dire : « Oui, moi aussi je suis si près de toi. » Baiser de proximité, mais aussi baiser de paix qui permet de s'abandonner à l'autre corps et âme. Embrasser ainsi, c'est oublier les incisives et les canines, oublier que l'on est fauve et prédateur, oublier l'instinct agressif et les jeux de pouvoir (appropriation, domination, exploitation). Embrasser ainsi, c'est faire confiance et se faire confiance. C'est aussi s'abandonner au sommeil qui monte et va nous prendre. Baiser de paix, mais encore baiser de vie. Car alors les respirations se mêlent, s'échangent. À chaque inspiration, une lampée d'air, qui contient un peu du souffle de l'aimé(e), entre, emplit les poumons, passe dans le sang qui l'emmène et la distribue aux plus petites parcelles de vie : les cellules.

Le fin du fin est de faire de ce baiser si riche en volupté et en symboles, un art : que vos lèvres s'approchent au plus près de celles de votre amant(e), sans toutefois s'y aboucher. Que chacun respire alors par la bouche, lentement, sereinement, en alternant les flux : quand l'un expire, l'autre inspire, inhalant, en plus de l'air ambiant, une partie de l'air qui vient de l'autre ; puis, celui qui expirait inspirera, absorbant à son tour une partie de l'air que l'autre expire. Dès lors, tour à tour, chacun reçoit l'air que l'autre lui offre (ne craignez rien, il ne s'agit pas d'un baiser hermétique au cours duquel les partenaires seraient privés d'oxygène). Au début, il faut faire un effort pour ajuster le rythme et l'amplitude de ses mouvements respiratoires sur ceux de l'autre, puis une alternance parfaite s'installe qui rapproche plus encore les êtres. L'harmonisation des mouvements et l'idée d'échanger le souffle de vie produisent une fabuleuse impression.

Délicieux réveil

Les bonheurs du coucher et de la nuit se retrouvent au réveil, mais ils prennent alors des tons et des nuances qui font de l'éveil matinal un moment tout à fait merveilleux. Ouvrant brièvement les yeux, quelques instants après avoir émergé du sommeil, on voit que le jour est en train de poindre. Par les interstices de la persienne, une lumière dorée pénètre dans la chambre dont on commence à distinguer les objets. Alors on prend conscience du bonheur d'être à deux, d'être ensemble. C'est, chaque matin, un ravissement. Notre compagne – notre compagnon –

semble encore dormir, mais il est tellement proche, tellement complice dans son abandon. On sent sa chaleur irradier, on entend son souffle, on perçoit ses arômes. On retient tout geste, étant tout entier à déguster le merveilleux de la situation. Puis on se déplace imperceptiblement, juste pour s'ajuster à elle – à lui. Sa peau est brûlante jusqu'à pénétrer toute notre épaisseur même. Voilà qu'elle – il – bouge et se retourne vers nous. On se prend dans les bras, on se serre. On reste ainsi immobile. Le temps s'écoule lentement, intensément, tout fait de bonheur. Deux oiseaux se poursuivent et pépient dans le pommier sous la fenêtre. Une belle journée commence.

L'art d'être sensuel

Pour éloigner la routine et lutter contre l'usure, la meilleure arme est la sensualité. Sachez plus largement sortir des sensations apportées par les seuls organes sexuels pour profiter de toutes celles offertes par le corps tout entier. Considérez que la sexualité est la vague de fond et que la sensualité est la mer. Pour que vous y soyez comme un poisson dans l'eau, je vous propose quelques principes :

— détendez-vous. De nos jours, ce qui gêne le plus généralement l'intimité, c'est le mode de vie frénétique, le stress, la vitesse, les préoccupations. Quand on rentre à la maison et même jusqu'au coucher, on n'a pas la tête à « ça ». Pour dénouer vos crispations, usez des moyens exposés dans la deuxième partie (la respiration à quatre temps, la relaxation, les plantes, etc.) ;

— la caresse pourrait être un bon moyen de se détendre, mais souvent lorsque l'on est crispé, on refuse de se laisser toucher. C'est comme si un blessé refusait de se laisser panser. Acceptez donc, par raison ou par volonté, la main tendue, le miracle s'ensuivra et vous vous féliciterez d'avoir fait le pas. En effet, bientôt les caresses vous deviendront agréables et vous sentirez un bien-être et une détente vous gagner. L'appétit vient en mangeant. Le caressant doit savoir apprivoiser son aimé(e), discerner le contact qui l'horripile et celui qui le (la) relâche ;

Les caresses, contre la tension et la fatigue

Le toucher du cuir chevelu est particulièrement apte à chasser la tension et la fatigue.

◆ D'abord, posez la main sur la nuque, prenez contact, laissez passer l'énergie et l'amour, apaisez.

◆ Puis, glissez les doigts dans les cheveux, effleurez le cuir avec la pulpe, puis rayez légèrement avec les ongles.

◆ Massez doucement comme pour un shampooing. Si votre aimé n'est pas friand de cette caresse, descendez sur le cou, où les muscles trapèzes sont souvent tendus et douloureux. Même progression. Le massage ici devra être plus appuyé, sans être excessif.

◆ Au début, ça peut faire mal, puis les muscles se relâchent et le bien-être survient. Vous pourriez aussi rendre visite aux pieds : leur massage délivre des délices étonnants. Dans tous les cas, quand vous entendrez votre aimé(e) se laisser aller à de profonds soupirs, vous pourrez vous réjouir, c'est gagné : il – elle – est prêt(e) à se glisser dans la bulle d'amour, alors soyez prêt à le recueillir dans vos bras.

— vivez ici et maintenant. Ce qui vous gâche la vie et principalement ses bons moments, c'est de laisser encombrer le présent par les soucis du passé et les préoccupations du lendemain ; autrement dit, c'est de vivre ou en arrière ou en avant mais pas présentement. Pour vivre ici et maintenant, il faut faire un acte volontaire, dit « acte conscient » dans la méthode Vittoz[1]. Cela revient à être attentif à ce que nous faisons et ressentons. Des expériences ont prouvé

1. Roger Vittoz, *Traitement des psychonévroses par la rééducation du contrôle cérébral*, Desclée de Brouwer, 1993.

que lorsqu'on se concentre sur un sens, les messages qu'il nous adresse sont plus intenses. Toutefois, cette attention ne doit pas être soutenue par un effort important, ce qui entraînerait une tension, mais obtenue, au contraire, par un laisser-faire qui engendre une attention flottante, en d'autres termes : une plus grande disponibilité ;

La méthode Vittoz

Aujourd'hui, nous sommes de plus en plus victimes d'excès d'émotions, de surmenage intellectuel ou de ruminations mentales. D'où anxiété, instabilité, irritabilité et impulsivité. Pour se détendre et pouvoir jouir de l'instant, il faut se rééquilibrer, revenir à nous et au présent. Roger Vittoz propose des exercices afin de permettre de retrouver un certain équilibre entre hyperaffectivité et hyperrationalité. L'un de ces exercices est l'« acte conscient » : soit un acte banal de la vie quotidienne, ouvrir un tiroir par exemple. Ne le faites plus automatiquement, faites-le bien consciemment en le décomposant : « Je prends le bouton du tiroir, je vois sa couleur, je sens sa texture, je le presse, je le tire lentement, je sens l'odeur qui s'en dégage », etc. En étant ainsi présents à nos actes, nous arrêtons le flux chaotique des émotions et le ressassement mental.

— prenez votre temps. La vitesse est contraire à la sensualité. Celle-ci ne s'épanouit majestueusement que lorsque le courant de la conscience est en quelque sorte suspendu. Il y a sûrement dans votre emploi du temps quelque occupation que vous pourriez réduire, voire éliminer, pour vous donner le temps de vivre.

Tant de forces irrépressibles poussent la femme et l'homme l'un vers l'autre. Dormir à deux est leur ultime rendez-vous. La sensualité fait de cette rencontre un des sommets de la condition humaine.

3. Partager les joies érotiques

Quand les corps jubilent

Déjà, avant même de copuler, se rejoindre et se joindre dans un lit, c'est, d'une certaine façon, faire l'amour. Car on ne se couche pas et on ne dort pas avec son aimé(e) comme se couchent et dorment ensemble frères et sœurs. Deux êtres qui se sont attirés, qui se sont choisis, qui s'aiment et qui ont décidé de dormir ensemble, ne peuvent, quand ils se retrouvent nus et tellement proches l'un de l'autre, qu'être bouleversés par la somptueuse volupté de la situation. Et se projeter l'un vers l'autre.

Sexualité, sommeil et rêve

Quand la relation dans le couple est bonne et que la sexualité est harmonieuse, les échanges sexuels influencent favorablement le sommeil. Les plaisirs du corps à corps (caresses, étreintes, etc.), *a fortiori* quand ils sont extrêmes, s'accompagnent de fortes sécrétions d'endomorphines dont nous connaissons les effets sédatifs, anxiolytiques et anti-douleur. De plus, les multiples contacts de peau à peau entraînent, par voie réflexe, un relâchement des tensions musculaires, comme nous l'avons vu aussi. Au contraire, si la situation du couple est critique ou s'il existe des difficultés sexuelles, les activités érotiques risquent d'être une source de conflits, d'insatisfactions, d'anxiété, autant de perturbations qui occasionnent des troubles du sommeil. Aussi, pour bien dormir à deux, il faut avant tout s'efforcer de résoudre les difficultés relationnelles du couple (problèmes de communication, etc., voir p. 181). Et s'appliquer à résoudre les difficultés sexuelles (impuissance, éjaculation précoce, anorgasmie, etc.), sans oublier d'améliorer les jeux érotiques. Autrement dit, l'art de dormir est indissociable de l'art d'aimer et de l'art érotique.

Quant à l'influence du sommeil sur la sexualité, elle est majeure. Pendant le sommeil et plus précisément pendant la phase du sommeil paradoxal, il se produit une turgescence, c'est-à-dire un engorgement sanguin des organes sexuels, comme il s'en produit à l'état de veille au cours de l'excitation. Chez la femme, c'est le clitoris et le vagin qui reçoivent cet afflux de sang, tandis que leurs muqueuses présentent une belle lubrification. Un orgasme peut même éclater. Chez l'homme, c'est la verge qui accueille le flux sanguin et se met en érection plus ou moins intense et il n'est pas rare qu'une éjaculation survienne, bêtement appelée « pollution nocturne » dans les temps obscurs. Ces manifestations n'empêchent pas les gens de continuer à dormir. Il est rare qu'ils se réveillent. Ces modifications sexuelles liées au sommeil se manifestent dès l'âge de trois ans et se prolongent jusqu'à quatre-vingt-dix ans et plus.

Ces intumescences accompagnent plutôt les phases de sommeil paradoxal qui se situent entre le milieu de la nuit et le petit matin, c'est dire qu'elles se répètent trois ou quatre fois par nuit. Chez l'homme, ces intumescences spontanées et particulièrement celle de l'aube, qui est la plus intense (on l'appelle le « réveil triomphal »), servent de test de bon fonctionnement des corps érectiles : si chez un sujet qui présente une impuissance, les érections nocturnes persistent, on peut affirmer que ses corps érectiles ne sont pas organiquement altérés et donc que son insuffisance d'érection est d'origine psychique. Le sommeil paradoxal étant aussi la phase où se produisent les rêves, on pourrait en conclure que toute turgescence s'accompagne de rêves érotiques. Ce n'est vrai que dans 50 % des cas ; et encore, dans ces cas, la nature sexuelle du rêve est plus souvent symbolique qu'explicite. Qu'importe, le rêve, en matière de sexualité, a une grande importance. D'une part, il joue un rôle de compensation : c'est en rêve que se réalisent les désirs insatisfaits, ce qui contribue à l'équilibre mental. D'autre part, le rêve constitue pour la fonction sexuelle, comme pour toutes les fonctions, une sorte de révision, de répétition du programme génétique.

Cultiver le désir

Le désir fait partie du bonheur de se coucher à deux. Pour rejoindre un être dans un lit, se blottir contre son corps et l'accompagner toute une nuit, il faut éprouver pour lui, pour elle, du désir. Désir pour tout ce qui le constitue, âme et corps : attirance psychique pour ce qu'il est, attrait sensuel pour ce qu'il annonce de bien-être et autres sensations agréables, appétit sexuel pour ce qu'il promet de volupté et d'extase. L'art de dormir à deux implique donc l'art de cultiver le désir, et de rester désirable. Quelques idées-forces vous aideront dans cette démarche[1].

Combler les désirs de son partenaire

La première idée à retenir est celle-ci : c'est en comblant les désirs de sa – son – partenaire, en les satisfaisant, qu'ils resteront vivants. Il faut donc tout faire pour qu'elle – il – obtienne l'optimum de plaisir, car le souvenir du plaisir obtenu et la certitude de goûter à l'avenir ce même plaisir entretiennent et renforcent le désir. À l'inverse, si chaque poussée de désir du partenaire n'est pas suivie d'un plaisir valable, son désir s'effritera : si une personne (le plus souvent la femme) est frustrée à chaque relation sexuelle, il est logique qu'elle n'ait plus envie d'y participer. C'est en perfectionnant son art érotique que l'on arrivera à combler sa – son – partenaire. Harmoniser la sexualité de la femme et de l'homme, parfaire les jeux érotiques et concilier les rythmes de chacun sont les bases de cet art et d'une bonne entente sexuelle.

1. Gérard Leleu, *Le Traité du désir*, J'ai lu, 1995.

Harmoniser (ajuster, pourrait-on dire) la sexualité féminine et la sexualité masculine consiste à corriger les dissymétries qui existent entre l'une et l'autre. Nous n'envisagerons que les deux principales. La première est le temps de survenue de l'orgasme : court chez l'homme, plus long chez la femme. Conséquence : l'homme a joui quand la femme n'est qu'à mi-chemin. En acquérant l'art de contrôler son éjaculation et de la différer, l'homme laissera à sa compagne le temps de parvenir à son plus haut point d'excitation. La seconde dissymétrie concerne la capacité à répéter l'orgasme : limitée chez l'homme, considérable chez la femme. Conséquence : l'homme ne peut procurer à la femme son plénum de volupté. Ici aussi, c'est par l'art de contrôler son éjaculation que l'homme permettra à la femme de multiplier ses bonheurs extatiques.

Parfaire les jeux érotiques consiste à réaliser le mieux possible, c'est-à-dire avec attention, précision, ferveur, en un mot avec raffinement, les gestes, les caresses et les mouvements de l'amour. Parfaire les jeux, c'est aussi varier les échanges érotiques en faisant preuve de créativité : changer les gestes, les caresses et les mouvements (l'amour s'invente sans cesse), changer les horaires (l'amour peut se célébrer à tout moment du jour et de la nuit), changer de lieux (l'amour peut se fêter hors du lit, hors de la chambre, hors de la maison...). Recherchez la nouveauté, l'imprévu, la fantaisie. C'est l'habitude qui engendre la routine et la monotonie, lesquelles émoussent et stérilisent le désir. C'est donc l'imagination qui sera le meilleur antidote à l'usure du désir.

Concilier les rythmes consiste à trouver un consensus quand les envies de l'un ne coïncident pas avec celles de l'autre. Il est vrai que les besoins érotiques diffèrent selon les individus : les uns feraient bien l'amour plusieurs fois par jour, les autres se contenteraient d'une fois par semaine, voire par mois. C'est une question de tempérament mais aussi de stade dans la vie. Par ailleurs, pour un même individu, le désir fluctue d'un jour à l'autre, voire du matin au soir, passant par des hauts et des bas : cela dépend de la fatigue, des soucis, des biorythmes, du cycle menstruel, etc. Et puis il y a ceux qui sont du matin, ceux qui sont de l'après-midi et ceux qui sont du soir. En raison de toutes ces variables, il arrive que les poussées de désir soient chronologiquement décalées. Toujours accepter le désir de l'autre quand il se présente ou toujours le refuser quand il ne convient pas finira par perturber le désir en chacun, l'entente entre les êtres, et leur sommeil. C'est pourquoi en cas de refus, il faut que chacun adopte une attitude aussi intelligente qu'aimante.

Que faire face au refus de l'autre ?

Pourquoi, dans un premier temps, ne pas essayer de faire naître par la séduction le désir chez celui – celle – qui est réticent : tendresse, attention, compliments pourraient bien lui faire accepter les premières caresses, susceptibles de lui ouvrir l'appétit. En tout cas, il faut éviter toute approche négative qui risque de blesser l'ego. Le « refusé », en particulier, doit comprendre qu'en raison des différences de tempéraments et des fluctuations, le refus fait partie du jeu normal : il n'est pas rejeté, il n'a pas à accuser l'autre de quoi que ce soit, il n'a pas à s'auto-accuser non plus et encore moins à se dévaloriser. L'amour de l'autre n'est pas en cause, sa propre féminité – ou masculinité – non plus. Quant au « refusant », il lui faut expliquer tout cela avec délicatesse. Un des secrets des couples heureux, c'est de savoir accepter la différence. Dans les cas où l'absence de désir traduit des difficultés de relation dans le couple, il faudra en parler, mais il faut éviter de le faire à chaud, le soir même, avant le sommeil. Ayons la sagesse de s'apaiser réciproquement et de remettre le dialogue au lendemain ou aux jours suivants. Avec un peu de recul, on trouve plus facilement un accord.

Cultivez l'attrait de votre corps

Soignez votre apparence. C'est votre élégance, probablement, qui l'a charmé(e) le premier jour. Les vêtements, en particulier chez la femme, sont faits pour souligner le sex-appeal (les seins, la taille, les hanches, les jambes), les fards et les bijoux également ; le rouge sur les lèvres les rend plus appétissantes, et le vernis sur les ongles les fait plus félins. Au total, l'élégance, avec subtilité, renforce les signaux sexuels. Prenez soin de votre corps, afin qu'il reste agréable. Dans le lit, veillez à ce que vos odeurs restent plaisantes. Si certaines fragrances naturelles sont aphrodisiaques quand elles sont fraîches, elles peuvent devenir dissuasives quand elles vieillissent. Aussi ne vous permettez aucun laisser-aller que vous ne vous seriez pas permis la première nuit de votre rencontre. Le respect de soi comme de l'autre est un précieux allié du désir.

La nudité

Ne la banalisez pas : usez-en précautionneusement. N'exposez pas votre corps au cours des soins et des besoins comme si l'autre n'était pas là. Habillage, déshabillage et toilette se feront hors de la vue de votre partenaire sous peine de le rendre indifférent à votre nudité. Réservez la vision de votre corps dénudé aux heures flamboyantes. Alors, vous le lui offrirez sans restriction et bien consciemment en prémices aux brûlants ébats, sauvagement ou de façon ludique (danse, effeuillage, etc.). Puis vous le lui livrerez sans retenue dans de merveilleux corps à corps.

Soignez la relation

Avoir de bonnes relations avec son partenaire est indispensable pour entretenir un désir vivant. On ne peut désirer quelqu'un qui vous a maltraité, ni s'offrir à lui. Nous avons vu précédemment les règles d'une bonne relation. Ici je voudrais plus particulièrement parler de l'usure de la relation et de la façon de l'éviter en se renouvelant. Une première cause d'usure est de s'imaginer connaître par cœur son partenaire. En effet, au bout d'un certain temps de vie commune, on croit tout savoir de l'autre, son caractère, ses goûts, ses habitudes, ses rêves, son passé ; aussi ce qu'il dit et fait risque de nous intéresser moins, de ne plus nous étonner. Minée par la cohabitation et de plus noyée dans des préoccupations quotidiennes terre à terre, la relation est en voie de banalisation. Heureusement, on peut éviter cet envasement. Tout d'abord, il faut savoir qu'on ne peut connaître totalement son partenaire, car les êtres sont infiniment complexes et, de plus, ils évoluent sans cesse. Si vous ne voulez pas vous lasser de votre partenaire, observez-le attentivement, posez-lui des questions, entendez-le vraiment ; sans doute découvrirez-vous d'autres aspects, d'autres strates de sa personnalité. Et si vous voulez que votre partenaire ne se lasse pas de vous, enrichissez sans cesse votre propre personnalité en explorant le monde et, c'est aussi important, votre monde intérieur : il n'y a pas de limites à la connaissance de soi, de ses émotions, de ses attirances, de ses peurs, de ses désirs, de ses talents, d'autant que cette recherche nous amène à explorer notre passé et, au-delà, à découvrir toute notre généalogie et ses surprises.

Préservez votre personnalité

Rester désirable, c'est d'abord rester quelque peu mystérieux, c'est savoir préserver sa part de mystère. Évitez donc d'être quelqu'un dont on pense avoir épuisé la substance et qu'on est sûr de posséder. Parce que vous êtes trop transparent, trop lisible, trop prévisible. Restez quelque part inconnu, insaisissable. Que l'autre continue de se poser des questions, que son intérêt reste éveillé. N'oubliez pas ce cruel postulat de psychologie : « Nous désirons ardemment ce que nous n'avons pas, inversement ce que nous possédons finit par nous lasser. » N'est-il pas vrai que lorsque notre partenaire est à proximité et à disposition, il ne nous manque guère et que notre désir de lui est léger ? Mais qu'il s'éloigne et devienne moins disponible et notre manque de lui s'installe tandis que notre désir s'accroît. Qu'il se rapproche alors et aussitôt notre désir s'apaise sinon s'annule. Le manque est donc bien facteur de désir. « Elle me fuit, je la suis ; elle me suit, je la fuis », dit l'adage populaire.

Pour sauvegarder votre personnalité et votre part de mystère, voici quelques conseils :

• Quittez la fusion permanente : c'est la mort du désir. Ne faire qu'un tout le temps, faire tout ensemble toujours, tout savoir de l'autre et, à terme, devenir semblable à l'autre est fatal au désir. L'attrait suppose l'existence de deux êtres distincts, la curiosité des différences, l'appétit des particularités. En termes d'énergie, il ne peut y avoir circulation qu'entre deux niveaux différents ; or le désir est bien mouvement, échange. Existez donc bien distinctement, cultivez vos différences, et l'intérêt de votre partenaire pour vous continuera de vivre. Ce qui ne vous empêchera pas de partager avec lui de fabuleux moments de fusion, comme nous l'avons déjà dit.

• Cultivez votre jardin privé. Réservez-vous un espace et du temps bien à vous et continuez d'y mener vos recherches (psychologiques, littéraires, artistiques, sociales, spirituelles), d'y épanouir vos dons, d'y réaliser vos projets. Ce jardinage contribue à entretenir le désir en aménageant des séquences de distanciation, mais aussi en nous enrichissant et en nous renouvelant. En effet, c'est en étant toujours plus riche et toujours nouveau que l'on maintient la curiosité de l'autre. Cette intimité personnelle n'est pas antinomique de l'intimité commune : au contraire, nous en ramenons des fruits qui nourriront les échanges, les conversations et les cocréations du couple. Et nous évitons à celui-ci la routine et l'enlisement.

L'importance de l'autonomie

Préservez votre liberté ou, plus justement, votre autonomie. Poursuivez les activités et les recherches qui vous sont propres, vous en avez le droit et le devoir. Évoluer en conscience et accomplir ce pour quoi on est fait est sacré et ce que vous découvrirez et acquerrez profitera à votre partenaire. Cette indépendance d'action entretient le désir de deux façons. D'une part, elle suscite la curiosité. D'autre part, elle ne va pas sans inquiéter quelque peu le partenaire. Or, c'est cette insécurité qui tient en haleine son désir. Vous-même, n'avez-vous pas remarqué que, lorsque pour vous sécuriser, vous aviez tout fait pour vous attacher votre partenaire et le rendre dépendant, vous ne le désiriez plus tant à l'instant de réussir ? C'est la liberté de l'autre qui crée notre désir, c'est de l'emprisonner qui le tue. Mais les choses ne sont jamais simples en matière de psychologie : la sécurité (comme la durée) est aussi nécessaire au couple pour s'engager, construire une relation et épanouir sa sexualité. Aussi il faudra savoir cheminer subtilement entre la sécurité et l'insécurité.

• Usez précieusement de la parole et particulièrement des mots d'amour. Il ne s'agit pas d'être parcimonieux et de renoncer à toute spontanéité, mais d'éviter de « noyer » l'autre ou de le sursécuriser. Dites votre amour et même criez-le quand vous en sentez la ferveur. Mais que vos « Je t'aime » ne soient jamais une formule automatique, ni une façon obsessionnelle de vous autoconvaincre, ni une interrogation déguisée, ni une tentative d'annexion. C'est une déclaration grave dont il ne faut jamais oublier la valeur et le sens. Et puis en abuser, comme d'abuser des serments, c'est risquer de tuer le désir par pléthore. De même, ne soyez pas un(e) incorrigible bavard(e) qui raconte tout ce qui lui passe par la tête, tout ce qu'il – elle – a fait dans les moindres détails. Ne déversez pas non plus sur l'autre tous vos soucis et vos plaintes.

Nourrissez l'amour

L'amour n'est pas indispensable au désir. Toutefois, la qualité du désir est tout autre et sa longévité plus assurée quand on s'aime. C'est pourquoi il faut veiller à nourrir la flamme. Le sentiment d'amour reste vif quand on sait entretenir son propre attrait physique (la beauté de son corps, l'élégance de ses tenues) sans jamais renoncer à séduire son partenaire ; quand on sait retenir l'intérêt de l'autre en épanouissant sa propre personnalité ; quand on sait établir une belle communication dont les joyaux seront les compliments et les encouragements qu'on prodiguera à son partenaire ; quand on sait être attentif aux besoins sexuels, affectifs et spirituels de l'autre.

Comme toute flamme, celle de l'amour nécessite chaque jour qu'on lui apporte une poignée de paille ou une brassée de branches pour se maintenir haute.

Conclusion

L'amour et le dormir à deux au fil du temps

Pour bien dormir à deux, il faut s'aimer vraiment. S'aimer dans les débuts de la rencontre, au stade de l'état amoureux (dit aussi état de grâce), cela va de soi. Passé ce temps, l'amour devra prendre son second souffle et accéder au stade de véritable amour. L'état amoureux, c'est quelque chose de magique : il confère un état de conscience fabuleux, sorte d'euphorie, de bonheur absolu. C'est une folie mystique. Tout est bien, tout est bon, tout est beau : la – le – partenaire qui est parfait(e), les gens qui sont si gentils, le soleil qui n'a jamais si fort brillé, les oiseaux si bien chanté, les fleurs tant embaumé. Avec elle – lui –, on ne fait plus qu'un, on se dit tout, on fait tout ensemble et on a sans cesse envie d'être près d'elle – de lui –, de le toucher, de l'enlacer. Dormir à deux est alors la consécration de cette démarche fusionnelle. Besoin existentiel d'union et désir sexuel se sont conjugués pour précipiter joyeusement les amants entre les draps. Sans doute dès le premier instant de la prime rencontre, leur inconscient avait-il fait de ce rendez-vous sur la couche un but impératif. Dès lors, le lit devient l'autel où l'on célèbre l'amour ; les odeurs des corps en désir s'élèvent comme des volutes d'encens, les plaisirs allumés de toutes parts scintillent comme des cierges, des chants de grâce montent des bouches ferventes.

Par la suite, le bonheur de dormir à deux pourra être menacé par différents périls liés à la confrontation des personnalités et aux conflits qui en résultent, sans oublier les méfaits de la cohabitation, en particulier la banalisation des corps. Alors le couple constatera que la rencontre de l'autre ne débouche pas sur un duo aussi mélodieux que permanent ; chacun a son passé, ses blessures, ses névroses. Le télescopage de ces mondes crée immanquablement des souffrances, des frustrations, des angoisses. Pendant les périodes de crise, les relations sont difficiles et quand les partenaires se retrouvent au lit, il ne leur est pas facile, faute de complicité, de partager l'intimité du sommeil. C'est le moment de passer à un autre niveau d'amour : passer du besoin d'être aimé au don d'amour, de la dépendance réciproque au respect de l'autonomie de chacun, du sentimentalisme à la création d'une relation solide fondée sur une vraie communication.

Pour accéder à ce niveau, il faudra que chacun dépasse son ego ; c'est, entre autres, en apprenant à nous connaître que nous y arriverons ; conscients des forces obscures qui nous manipulent, depuis notre inconscient, nous prendrons quelque distance par rapport à elles et éviterons aussi de retomber dans les scénarios piégés qu'elles nous tendent sans cesse. Et nous pourrons épanouir notre part de lumière et la totalité de l'amour qui est en nous. C'est en cela que la rencontre avec l'autre, en nous renvoyant à nous-même et en nous obligeant à nous remettre en cause, à nous agrandir et à nous élever, est un chemin initiatique.

Dans cette évolution, dormir à deux prend une autre allure, un autre sens. C'est un partage choisi par des êtres plus ouverts, plus généreux, plus conscients. Le bonheur y est plus réel ; il est le résultat d'une alliance entre deux êtres authentiques. Le dormir ensemble est le temps fort de cette alliance. Puissiez-vous, mieux que jamais, faire de votre vie nocturne, de ses soirs et de ses aubes, un temps aussi heureux et aussi riche que celui de votre vie diurne. C'est un fabuleux voyage que vous faites avec votre aimé(e). Vous embarquez ensemble au soir tombant dans le plus étroit cœur à cœur, dans le plus intime corps à corps et vous débarquez au jour naissant encore plus proches d'âme et de corps. Entre ces deux moments, vous voguez sur toutes sortes de paysages, celui de votre enfance et ceux à venir, accompagné, outre votre ami(e), de tous les personnages qui sont en vous, en lui – en elle ; sans oublier la cohorte de ceux qui vous avaient donné le jour – vos parents, vos ancêtres jusqu'aux plus lointains – et qui se sont réveillés de l'ombre quand, sur vous enlacés, la nuit s'étend, pour éclairer votre présent et tracer votre avenir d'un rai de lumière.

De ce temps partagé avec votre aimant(e), de ce temps qui paraît passif mais qui est le plus vivant, de ces heures illuminées par un autre soleil, de ces heures alternées d'ivresse et de paix, de ces heures veloutées, savoureuses, parfumées, vous ferez vos plus riches heures.

Annexes

Musiques

Musique apaisante (pour le soir)

Œuvres classiques
Par exemple :
Beethoven, *Sonate au clair de lune*
Chopin, *Cinquième nocturne*
Debussy, *Clair de lune*
Franck, *Panis angelicum*
En général : les largos et adagios de la musique baroque, par exemple le largo de Haendel, l'adagio de la *Symphonie du Nouveau Monde* de Dvorak.

Jazz cool
Par exemple :
Chet Baker

Œuvres traditionnelles
Par exemple :
Christian Holle (*La voix des étoiles,* Éd. Quality)

Œuvres modernes
Par exemple :
Kitaro
René Aubry
Michel Pépé
Françoise Cornwell (*Le peuple magique,* Éd. Excalibur)

Œuvres spécialement créées pour la musicothérapie
Par exemple :
Gervais Briot, *Bleu de Chine*
Éric Saunier (*Illuminescence*, Éd. Diem)

Musiques de méditation

Entre autres :
Paul Sauvanet (*Le Songe du temps,* Éd. Les Voiles d'or)
Thierry Morati (*Sud,* Éd. Diem)

Musique dynamisante (pour le lever)

Œuvres classiques
Par exemple :
Verdi, Le chœur des esclaves de *Nabucco*
Wagner, La grande marche de *Tannhaüser.*

Œuvres modernes
Par exemple :
Jazz tonique, rock, techno (limiter à quelques moceaux) et percussions

Bibliographie

- Adler, A., *Les Névroses,* cité par Camille Izard dans Yves Pélicier, *La Serrure et le Songe, l'activité mentale du sommeil,* Économica, 1983.
- Alain, *Propos sur le bonheur,* Gallimard, « Folio Essai », 1985.
- Assagioli, R., *Psychosynthèse : principes et techniques,* Desclée de Brouwer, 1997.
- Bergson, H., *La Pensée et le Mouvant,* PUF, 2000.
- Dibie, P., *Ethnologie de la chambre à coucher,* Métailié, 2000.
- Ferenczi, S., *Thalassa : Psychanalyse des origines de la vie sexuelle,* Payot, 2002.
- Flandrin, J.-L., *Le Sexe et l'Occident. Évolution des attitudes et des comportements,* Seuil, 1986.
- Fluchaire, P., *La Révolution du sommeil,* Robert Laffont, 2001.
- Freud, S., *L'Interprétation des rêves,* PUF, 1999.
- Gaillard, J.-M., *Le Sommeil, ses mécanismes et ses troubles,* Doin, 1990.
- Garfield, P., Watkins, F.M., *Guérir par les rêves, les interpréter pour se soigner,* Albin Michel, 1994.
- Gibran, K., *Le Prophète,* J'ai lu, 1995.
- Hall, E.T., *La Dimension cachée,* Seuil, « Points Essais », 1978.
- Jansen, E.R., *Bols chantants, tingsha, dorje et clochette : tradition et méthode,* Binkey Kok, 1990.
- Jouvet, M., *Le Château des songes,* Odile Jacob, 1992.
- —, *Le Sommeil et le Rêve,* Odile Jacob Poches, 2000.
- Jung, C.G., *L'Homme et ses Symboles,* Robert Laffont, 1967.
- —, *Correspondance,* vol. I à V, Albin Michel, 1992, 1993, 1994, 1995, 1996.

- —, *L'Homme à la découverte de son âme*, Albin Michel, 1994.
- —, *Métamorphoses de l'âme et ses symboles*, LGF, 1996.
- Lavie, P., *Le Monde du sommeil*, Odile Jacob, 1998.
- Leleu, G., *L'Intimité et le Couple*, J'ai lu, 2002.
- —, *Le Traité du plaisir*, J'ai lu, 1995.
- —, *Le Traité des caresses*, J'ai lu, 1992.
- —, *La Mâle Peur*, J'ai lu, 1994.
- —, *L'Écologie de l'amour*, J'ai lu, 2003.
- —, *Le Traité du désir*, J'ai lu, 1999.
- —, *La Fidélité et le Couple*, J'ai lu, 2001.
- Michelet, S., Ripert, R., Maillard, N., *Le Livre des rêves*, Albin Michel, 2000.
- Monneret, S., *Le Sommeil et les Rêves*, Marabout, 1981.
- Nelli, R., *L'Érotique des troubadours*, Privat, 1995.
- Peck, S., *Le Chemin le moins fréquenté. Apprendre à vivre avec la vie*, J'ai lu, 2000.
- Perez-Christiens, N., *Le Bâillement*, Chiron, 1980.
- Raepsaet, Y., *Retrouver le sommeil*, Santérama, h. s. n° 122.
- Salomé, J., *Jamais seuls ensemble. Comment vivre à deux en restant différents ?*, Éditions de l'Homme, 1995.
- —, *Pour ne plus vivre sur la planète Taire. Une méthode pour mieux communiquer*, Albin Michel, 1999.
- Salomon, P., *La Sainte Folie du couple*, Albin Michel, 1994.
- Schuller, E., *Les Insomnies et le Sommeil*, Robert Laffont, 1976.
- Tordjman, G., *La Femme et son plaisir*, Londreys, 1986.
- Virag, A., Collet, B., *Feng Shui, force d'harmonie*, Trajectoire, 1999.
- Vittoz, R., *Traitement des psychonévroses par la rééducation du contrôle cérébral*, Desclée de Brouwer, 1993.
- *Psychologies Magazine* n° 170, n° 175, n° 176, n° 183, n° 203, n° 212.

Adresses utiles

Acupuncture

Association française d'acupuncture
3, rue de l'Arrivée – Tour CIT – 75015 Paris
01 43 20 26 26

École française d'acupuncture
2, rue du Général-de-Larminat – 75015 Paris
01 42 73 36 26

Sophrologie

Société française de sophrologie
39, boulevard Garibaldi – 75015 Paris
01 40 56 94 95

Yoga

Fédération nationale de yoga
3, rue Aubriot – 75004 Paris
01 42 78 03 05

Institut Eva Ruchpaul (yoga pour femmes enceintes)
69, rue de Rome – 75008 Paris
01 47 66 24 68

Fédération française de yoga (sous contrôle médical)
11, passage Saint-Pierre-Amelot – 75011 Paris
01 47 00 26 12

Fédération de hatha-yoga
50, rue Vaneau – 75007 Paris
01 45 48 04 64

Sommeil

Centre de sommeil
Hôtel-Dieu
1, place du Parvis-de-Notre-Dame
75181 Paris Cedex 04

Fédération des pathologies du sommeil
Hôpital de la Pitié-Salpêtrière
47, boulevard de l'Hôpital – 75651 Paris Cedex 13

Fédération du sommeil
30, avenue de la Voie-Romaine
BP 69 – 06002 Nice Cedex 1

Cures thermales

Divonne-les-Bains
Centre Valvital
04 50 20 51 61

Espace thermal Évian
Place de la Libération
BP 21 – 74500 Évian-les-Bains
04 50 75 02 30

Centre Hélianthal
Place Maurice-Ravel – 64500 Saint-Jean-de-Luz
05 59 51 51 51

Centre Atlanthal
153, boulevard des Plages
64600 Anglet-Biarritz
05 59 52 75 75
E-mail : info@atlanthal.com

Institut de thalassothérapie Dinard Thalassa
01 53 21 86 95
E-mail : dinard@allo-thalasso.com

Radiesthésie

Maison de la radiesthésie
22, rue Godot-de-Mauroy
75009 Paris
01 44 56 09 30

Sites Internet

Société française de recherche sur le sommeil
ura1195-6.univ-lyon1.fr/sfrs/index. html

Oniros
www.oniros.fr

Le sommeil, les rêves et l'éveil
sommeil. univ-lyon1.fr

Centre du sommeil, Hôtel-Dieu (Paris)
www.sommeil-vigilance.com/

Association for the Study of Dreams
www.asdreams.org

Maison de la radiesthésie
www.maisondelaradiesthesie.com/

Psychologies Magazine
www.psychologies.com

Bienêtre

7467

Composition Nord Compo
Achevé d'imprimer en France (Manchecourt)
par Maury-Eurolivres
le 8 septembre 2004.
Dépôt légal septembre 2004. ISBN 2-290-34181-9

Éditions J'ai lu
84, rue de Grenelle, 75007 Paris
Diffusion France et étranger : Flammarion